取火者的逮捕

當不屈神罰的愚者挺身，
世界便迎來了新生

鄭振鐸 — 著

PROMETHEUS

「這是人和神道爭鬪的最可怖的一幕活劇，
祭師們特地擺布出來，作為警告後人的
——然而人類在那裡已顯示出他們的怎樣的勇氣與不屈來。」

樂園不再由神決定，而由人親手打造！

目錄

目錄

取火者的逮捕

一

是暴風雨將來的一個黃昏。

死灰色的天空，塗抹著一堆一縷的太陽的紅焰，那刺目的豬肝似的惡毒的顏色，使人看了便有些壓迫之感，至少是不舒服。

宙士，神與人的主宰，鬱鬱的坐在他的寶座上；伏在座下的鷙鷹，時時在昂頭四向，彷彿只等待宙士的命令一下，就準備著要飛騰出去，捕捉什麼人與物。他手上的雷矢，在炎炎的發著白熱以上的火光，照耀得立在他左右的諸神都有些目眩頭脹，間或隆隆的發著雷聲，其聲悶而不揚，正足以表示其主角的蓄怒未發的心境。

一切都是沉悶，鬱怒。

火山口將爆裂的一剎那，暴風雨將降臨的前一刻。

等候著！未前有的沉默與等候！

神們都緊皺著雙眉，裝著和宙士同憂共苦。連嬌媚的愛神愛孚洛特蒂也喬作顰態，智慧神雅西娜的無變化的淡青色的臉上卻若在深思。宙士不時的像發疑問似的望著她。她並不變動她的深思的姿態，也一聲兒不響，活像一尊無感情無知覺的墓前的翁仲，永遠沉默的對著西墜的夕陽。天上的鐵匠海泛斯托士，那位柔心腸的殘疾者，心裡正忐忑不寧，不忍看這幕活劇的進行，但又不敢離開，只能痛苦的等待著。

權威與勢力，那兩位助桀為虐的神的奴，一對玩鐵的鑄像似的緊密的站在宙士寶座的左與右；他們倆喜悅的躍躍欲試其惡辣的手腕；他們知道這場面上免不了他們倆的上演。他們握緊了有力的鐵似的雙拳在等待著。

一切都是沉悶，鬱怒。

等候著！未前有的沉默與等候！

二

神的廳上開始騷動起來，竊竊的微語。神們都轉臉向外望。宙士抖擻著威風，更莊嚴的正坐著，暗地裡在尋思著怎樣開始發洩他的久已不能忍耐的悶怒。權威與勢力活動了他們的緊握著鐵似的雙拳一下。座下的神鷹拍拍牠的雙翼。

遠遠的有兩個黑點，在飛著似的浮動著。

這兩個黑點，近，更近，正向神的寶座前面來。

是他們所期待的人物！

前面執著蛇杖的是神的使者合爾米士，後面跟著他而來的，啊，便是那位叛逆的取火者柏洛米修士。

神的廳上轉又沉默下來，沉默得連一移足，一伸手彷彿都會有聲響發出。

「別來無恙。」那位叛逆的柏洛米修士的手姿並沒有什麼變動；山峰似的軀幹，忠懇而有神威的雙眼，表現著堅定的意志的帶著濃髭的嘴唇，鬢邊的斑白的頭髮，因思慮而微禿的頭顱，以及那雙多才多藝的巨手，全都不曾發生變化。

一見到他，期待著壯烈的，殘虐的表演的諸神們反都有些茫然自失；一縷「反省」與「同情」的游絲似幻成千千萬萬的化身，各緊黏著諸神們的心頭，擺脫不開。

未之前有的淒清的空氣，瀰漫了神的大廳。

神的使者合爾米士首先打破了這場清寂，循例的交差似的說道：

「父宙士，您命我去呼喚前來的柏洛米修士，現在已經在您面前了；他一聽到您的命令便和我一同動身。」

人與神的主宰宙士似最早便鎮攝住他自己的權勢和自重，使他立即恢復了他的嚴肅與殘忍。他向侍立的權威和勢力瞬了一眼，他們正鐵棒似的筆立著待命；雙拳是緊握的伸出，臉部是那麼冷酷無表情，這增加了宙士的自覺的威嚴。

他緊皺著雙眉，望著忠厚而多智的柏洛米修士本想立即咆吼的痛罵，卻出於他自料以外，發出來的語聲是那麼無力而和緩。

「啊，你竟又在我的面前出現了，柏洛米修士，我的好朋友——不，現在你已自動的背叛我們而向下等的猥瑣的人類那裡求同盟，大約已不承認老朋友們了罷？你有理由說明為什麼背叛我們而和人類為友嗎？」

柏洛米修士山峰似的站在那裡，並不恐懼，也不傲慢，他誠懇的微笑著，並不曾說什麼。

他該說什麼呢？

長久的沉默。

「你，怎麼一聲不響？」

宙士大聲的開始咆吼，但一望著他的那麼誠懇忠厚的臉部，又失了發怒的勇氣。「你說，儘管無忌憚的說，為什麼你要把神們所獨有的神祕，火，偷給了人類，使他們如今如此的跋扈？」

想到了偷火的事，宙士不禁氣往上衝。火是神們的獨得之祕，是神的權威的代表，它只能放光明於神之廳與室，它只能供神作種種的利用的工具。有了這火，便足以誇耀於下等的人類之前，足以為他們永久的主宰而不虞其反抗；人們是在永久的齷齪卑污的生活中度過去的；那麼可憐，那麼無告，卻正是神們所願的；這樣的人類，卻恰好是最適宜的神之奴。宙士和諸神們從沒有想到這神祕的火會由神之天堂而移殖到人世間，而供猥瑣可憐的人類利用的。然而這火卻終於不能成為神的獨有之祕密！

三

某一個冬夜，宙士帶著他的兒子合爾米士踏著瓊琚似的白雪而周行於大地上。手掌大小的雪片，在空中飄飛著，北風虎虎的在發威，把地上的一點一滴的水都凍結成冰塊。大地上什麼都在沉睡，什麼都已深深的躲藏著。宙士挺了挺偉健的巨軀，全身充滿著熱力，雪花到了他身的周圍的一丈左右便都已無聲的融化而落在地上了；北風對於他也是服從慣了的，只是服服貼貼的悄然從他背後溜過去。

他們倆幽靈似的在雪地上走著，以克服了一切目喜。

他們也許便是此夜的僅有的夜遊者。

「啊！」宙士以全肺部的氣力叫道，他是高興著。

大地幾乎要回應著他的遊戲喊聲而打了一個寒噤。

一個奇蹟突然出現了。

遠遠的，有一星紅光在若明若暗的照耀著，映著白雪的大地，似乎特別來得鮮明。

是星光，難道？

鉛灰色的天空，重重疊疊的為黑雲所籠罩，所包裹，一點蔚藍色的空隙都沒有，哪裡會有什麼星光穿透重雲而出現？

宙士以肘觸觸跟在他背後的合爾米士，悄聲的說道：

「看見了麼，你？」

「看見的。」合爾米士微笑的隨意答道。他想，也許是嬌媚的愛神又在進行什麼新的情戀，結婚神正為她執著火把吧？也許是她的兒子，那位淘氣的丘比得在鬧什麼玄虛吧？也許是羊足的薩蒂爾們正在向林中仙女們追逐著吧？也許是酒神狄奧尼修士正率領著他的狂歡的一群在外面浪遊吧？

宙士沒有他那麼輕心快意的疏忽，這位神與人的主宰者，是飽經憂懼與艱苦的，一點點的小事，都足以使他深思遠慮的焦念著，何況這不平常的突現的一星紅光。

這不平常的一星紅光使他有意想以外的嚴重的打擊。

他有一種說不出恐怖的預警。

他一聲不響的向那一星紅光走去。

啊，突變，啊，太不平常的突變！

走近了，那紅光竟不僅是一點星了，一點，兩點，三點……乃至數不清其點數，此明彼暗的竟似在那裡向雪白的大地爭妍鬥媚，又似乎有意的彼此爭向宙士和他的從者投射譏笑的眼風。

連合爾米士也漸漸的感覺到一種不平常的嚴重的空氣的壓迫了。

走近了——最先走近的一星紅光，乃是從孤立於雪地上的一間草屋的窗中發出來。

這草屋對於神與人的主宰者宙士異常的生疏，刺目。

他想：「這東西什麼時候建立在大地上的呢？」

他們俯下身去，向窗中望著。更嚴重的一幕景象顯呈於眼前。

一盞神們所獨有的油燈，放出豆大的火焰，孤獨而高傲的投射紅光於全屋以及雪地上。

是誰把這盞燈從神之廳堂裡移送到這荒原上來呢？

啊，更嚴重的是，對這盞燈而坐的，並不是什麼神或薩蒂爾們或林中仙女們，卻是那麼猥瑣平凡的人類。這些猥瑣平凡的人類，當這冬夜向來是深藏在洞窟之中的。

是誰把這盞燈從神之廳堂裡偷給了猥瑣可憐的神之奴，人類的呢？

宙士不相信他自己的眼。他咬得銀牙作響，在發恨。

「非根究出這偷火的人來不成！誰敢大膽的把神的祕密洩露了？只要我能捉住這賊啊！……至於這些猥瑣的人類，那卻容易想法子……」

他在轉著惡毒的念頭，呆對著窗內的那盞油燈望著。

一陣嬉笑聲，打斷了他的毒念。

父親在逗著週歲的孩子玩，對燈映出種種的手勢。孩子快樂得「吧——吧——」的手舞足蹈的大叫著。另一個三歲的孩子伏在他媽的膝蓋頭，在靜靜的聽她講故事。

一陣哄堂大笑，不知為了什麼。

這笑聲如利刃似的刺入宙士的耳中，更增益了宙士的憤怒。

「這些神的奴，他們居然也會滿足的笑樂！住神所居的屋！使用著神的燈！而且……滿足，快樂！」

妒忌與自己權威的損傷，使得宙士痛苦。他渴想毀滅什麼；他要以毀滅來洩憤，來維持他的權威，來證明他的至高無上的能力。

猛一抬頭，一陣火光熊熊的高跳起，在五六十步的遠近處。隨著聽到乒乒乓乓鐵與鐵的相擊聲。

「這是什麼？」他跳起來叫道。

他疑惑自己是仍在天上，正走到鐵匠海泛斯托士工作場，去吩咐他冶鑄什麼。

那鐵與鐵的相擊的弘壯的音樂，有絕大的力最，引誘他向前去。合爾米士默默的隨在後邊；他也是入了迷陣；卻不敢說什麼，他明白他父親，宙士，正蘊蓄著莫名的憤怒。

那是一個市鎮的東梢頭，向西望去，啊，啊，無窮盡的草屋，無窮盡的火光！

這鐵工場雄健的鎮壓在市的東梢頭，大敞著店門在工作著。火光烘烘的一陣陣的跳起；紅熱的軟鐵，放在砧上，乒乒乓乓的連續的一陣陣的重擊，便一陣陣的放射出絢爛的紅火花。那氣勢的弘偉壯麗，只有在海泛斯托士的工場裡才可見到。然而如今是在人世間！

宙士和合爾米士隱身在鐵工場一家緊鄰的檐下，聚精會神的在望著那些打鐵的工人們。

鐵與鐵的相擊聲，此鳴彼應的，聽來總有五六對工人在鐵砧上工作，但他們只能見到最近的一對。

年輕的一對小夥子，異常結實的身體，雖在冬夜，卻敞袒著上身；臉色和上身，鐵般的黑。鐵屑飛濺在他們的手上，臂上，臉上。一個執著火鉗，鉗著一塊紅鐵放在砧上。他們掄起龐大的鐵錘來，一上一下的在打，在擊。紅熱的鐵花隨了砧錘聲而飛濺得很遠。兩臂的筋肉，一塊塊的隆起，鐵般的堅強。紅光中映見他們的臉部，是那麼樣的嚴肅，自尊與自信！這形相是神們所獨有的，而今也竟移殖到人世間！

火光映到兩三丈外的雪地，鮮紅得可愛。

火光半映在宙士的臉部，鐵青而憂鬱。

天上？人間？

一個嚴重的神國傾危的預警，突現於他的心上。

瞬間的淒惋，憂鬱，又為對於自己權威的失墜之損傷所代替。這傷痕，隨著砧與錘的一聲聲的相擊而創痛著。而望著那些自重的滿足的鐵工們的臉部，又像是一個新的攻擊。

他回過臉去。他狼狽到要塞緊了雙耳。

那清朗，滿足，快樂的鐵與鐵的相擊聲，繼續的向他進攻，無痕跡的在他心上撕著，咬著，裂著，嚼著。

咬緊了牙，臉色鐵青而鬱悶的轉了身，他向天空飛去。

合爾米士機械的跟隨著他。

四

這回憶刺痛了宙士的心的瘡痕。

「你有什麼可辯解的？」

宙士雷似的對柏洛米修士叫道。

「為什麼一聲不響？」

他為柏洛米修士安詳鎮定的態度所激怒；血盆似的大口，露出燦燦的白色牙齒，好像要把世界整個吞下去。手緊捏了雷矢一下，便連續的發出隆隆的雷聲，震得他自己也耳聾。

權威和勢力齊齊的發出一聲喊，山崩似的：

「說！」

他們的兩對鐵拳同時衝著柏洛米修士的臉上，晃了兩晃，腕臂上的青筋，一根根的暴起。

柔心腸的鐵匠海泛斯托士，打了一個寒噤，回過臉去。

柏洛米修士卻安詳而鎮定的站在那裡，山岳似的不動半步。

「為什麼不說？」

宙士又咆吼著。

柏洛米修士銀鈴似的語聲在開始作響：那聲響，忠懇而清朗，鎮壓得全廳都靜肅無嘩。

「你，宙士，要我說什麼呢？你責備我取了火給人類。不錯，這火是我給了他們的，我不否認。至於我為什麼要幫助人類而和他們為友呢？這，你也許比別人更明白：我從前為什麼幫助了你和諸神們，我現在也便要以同樣的理由去幫助人類。」

這又刺傷了宙士，他皺著眉不聲不響。

「我當初覺得你和你兄弟們受你們父親的壓迫太甚，所以，為了正義與自由，我幫助了你們兄弟，推翻了舊王朝。但自從你們兄弟們建立了新朝以後，你們的凶暴卻更甚於前。你父親克羅士是專制的，但他是個人的獨裁。你們這群乳虎，所做卻是什麼事！去了一個吃人的，卻換了無數的吃人的；去了一位專制者，卻換來了無數更凶暴的專制者。你，宙士，尤為暴中之暴，專制者中的專制者！你制服了幫助你的大地母親，你殘害了與你無仇的巨人種族，你喜怒無常的肆虐於神們，你無辜的殘踧了天真的童子海泛斯托士；你蹂躪了多少的女神們，仙女們！你以你的力量自恣！倚傍著權威與勢力以殘橫加人而自喜！以他人的痛苦來滿足你的心上的殘忍的欲望！你這殘民以逞的暴主！你這無惡不作的神閥！你說我離開了你，不和你為友，是的，你已不配成為我的友；是的，我是離開了你！我為了正義和自由而號呼，不得不離開你，正和我當初為了正義和自由幫助了你一樣！」

他愈說愈激昂。斑白的鬢邊，有幾粒汗珠沁出，蒼老的雙頰，上了紅潮，唇邊有了白沫，面貌是那麼凜然不可侵犯，彷彿他也便是正義和自由的自身。

宙士默默的在聽著責罵，未之前聞的慷慨的責罵。在他硬化的良心上，這場當眾的責罵，引不起任何同感，卻反以這場當眾的責罵為深恥。他的雙頰也漲紅了，雙眼圓睜著，手把雷矢握得更緊——雷聲不斷的在響，彷彿代他回答，以權威回答正義的責罵——血嘴張得大大的，直似一隻要撲向前去捕捉狐兔的猛獸。

海泛斯托士驚得臉色發白，他知道有什麼事要發生。廳上的諸神們半聲兒也不敢響。

這嚴重的空氣從不曾在神廳上發生過。

五

柏洛米修士山岳似的站立在那裡，安詳而鎮定；他等候最壞的結果，並不躲避。

宙士並沒有立時發作。

柏洛米修士又繼續的陳說：

「至於我為什麼選擇了人類為友呢？」

他望了望廳上的諸神，悲戚的說道：

「我要不客氣的說了：完全為的是救可憐的人類出於你們的鐵腕之外。人類呻吟在你們這班專制魔王的暴虐之下，已經夠久了；你們布置了寒暑的侵凌，秋冬的枯槁；水旱隨你們的喜怒而來臨，冷暖憑你們的支配而降生；乃至風霜雨露，草木禽獸，無不供你們的驅使，作為你們遊戲生殺予奪的大權的表現。為了你們的一怒，不曾使千里的沃土成為赤地麼？為了你們的厭惡，不曾在一夜之間，使大水飄沒了萬家麼？雅西娜不曾殺害無辜的女郎阿婀慶麼？她死後，不還把她變成蜘蛛，苦擾到今麼？日月二神不曾為了他們母親的眦睚之怨而慘屠妮奧卜所生的十四個少男、少女麼？……你們這些專制的魔王們恣用著權威，蹂躪人類，剝奪了一切的幸福與生趣，全無理由，只為了遊戲與自己的喜怒。這是應該的麼？啊，啊，你們的一部《神譜》，還不是一部蹂躪人權的血書麼？無能力的人類，除了對你們祈禱與乞憐，許願與求赦之外，還有什麼別的趨避之途呢？而你們卻以濫用這生殺予奪的大權自喜。以人們可憐的慘酷的犧牲，作為你們嬉笑歡樂之源！假如世界上有正義和公理這東西存在，還能容你們橫行到底麼！」

他停頓了一下，以手拭去額際的汗點。

「你們以為人類便可以永久供你們奴使，永久供你們作為尋求快樂的犧牲品麼？這形相不殊於你們，且有更光明的靈魂的人類，難道竟永久壓伏在你們專制之下麼？不，不，宙士，當你們神之宮裡舉杯歡宴，細樂鏗鏘的時候，你們知否人類是如何的在呼籲與憤怒！當你們稱心稱意在以可憐的被選擇的人們作為歡樂的資料的時候，你們知否人類是如何的在詛咒與號泣！」

柏洛米修士睜大了雙眼，彷彿他自己也在詛咒，在憤怒。額的中央暴露一條條的青筋，眼邊有些潮溼，語聲有些發啞，幾要為著人類放聲哭一個痛快。

勉強鎮定了他自己，又陳說下去：

「這詛咒，這哭聲，達到了遼遠的我的住所；這哭聲，這詛咒，刻刻在刺傷我的良心。我為了正義，為了救人類，老實說，也為自己良心的慰安，我不能不出來做點事。這便是我取了火，一切智慧、工藝的源泉，給了人類的原因。」

恢復了安詳而鎮定的常態，彷彿大雷雨之後的晴朗的青天似的，柏洛米修士山岳似的屹立在神廳中，等候著什麼事的來臨。

石像似的諸神，呆立或呆坐在那廳上；海泛斯托士感動得要哭出來。愛神的嫩臉，羞得通紅，她也許正憶起了生平千件的不端的戀愛。雅西娜和月神亞特美絲恨得拖長了她們的青臉，咬著牙想報復。

宙士頻頻冷笑著，望望左右立著的權威和勢力；他們倆像兩支鐵棒似的筆立著，磨拳擦掌的待要發作。

「你說完了話麼？我的好心腸的柏洛米修士！現在輪到我的班次了。我不說什麼。我要使你明白『力量』勝過『巧辯』。來，我的忠僕們！」

權威和勢力機械似的應聲而立在宙士的面前。

「把他釘在高加索山的史克薩尖峰上，永遠的不能解放，為了他好心腸的偷盜。」

鐵匠海泛斯托士低了頭，兩條淚水像珠串脫了線似的落在地上。他為仁愛喜助的柏洛米修士傷心。

宙士瞥見了這，又生一個惡念。

「而你，我的鐵匠，你去鑄打永遠不斷裂的鐵鏈，親自把柏洛米修士釘在那岩上。」

海泛斯托士不敢說什麼，低了頭走出廳去，詛咒他自己那可詛咒的工作。

六

權威和勢力各執著柏洛米修士的一臂向廳外拖。

「停著！」宙士又一轉念，叫道。

柏洛米修士的臂被放鬆了。他安詳而鎮定的像山岳般的屹立著。

「為了顧念到你從前對於我的有力的幫助，我給你以一個最後的補過的機會：把火從人類那裡奪回來，當人類被奪去火的時候，你的罪過也可被赦免。」

柏洛來修士不動情的屹立著，默默不言。

「怎麼？不言語？為了猥瑣平凡的奴隸，人類，你竟甘心受罪麼？」

「不，奪回『火』的事是不可能的了！我怎麼能夠『出爾反爾』的賣友求免呢？這是一。再則，老實說，『火』是永久要為人類所保有的了。我去，你去，你們都去，都將奪不回來的了。這『火』在每一個屋隅，在每一個工場，在每一個廚間；在每一個灰堆中，都堅頑的保有著。你們固能毀壞，奪回其一，其二；但你們能把每一個灰堆中的火種都奪去了麼？把每一屋裡的油燈都毀棄了麼？把每一件敲火器都拋到遠遠的所在去麼？不，這是不可能的了！火成為深藏在每一個人心裡的知識的源泉。你能把每個人的心都奪去麼？火也便是知識的本身，其光明使人類照耀著正義與自由的自覺；你能把人類對於正義與自由的自覺都奪去麼？不，這是不可能的事了——除非毀滅了整個的人類。」

「啊，啊，我便毀滅了整個的人類！」

宙士自負的冷笑道。

「這也是不可能的了。」

「為什麼？我也不是曾經毀滅一次人類麼？」

「不，這次你是不可能毀滅他們的了。」

「為什麼？」

「因為他們已經得到了火，成為不可克服的了！火使他們知道怎樣保護他們自己；怎樣為了他們的自由與平等而爭鬥；火給他們以無量數的智慧，以無窮大的力量。他們將不再向你們這些神閥乞憐，祈禱的了！他們將不再在你們之前逃避，躲藏，求赦的了！他們也不再詛咒，不再哭泣的了！不，他們將用他們自己的力量反抗。只要你們敢去和他們爭鬥，你們將見到他們新的力量的偉大與不可克服。他們將永不再受著你們的奴使與支配；他們要用他們自己的力量支配自己，為自己同類而服役，一人為全體而工作，而全體為一人而存在！他們將永不再成為你們娛樂的犧牲，喜怒不常的洩憤的對象；他們要用他們自己的力量來反抗外來的一切壓迫，不，他們的新的力量，還足夠撼動神之國的基礎的。」

「什麼！我將使你知道我的力量。巨人的一族都為我所滅絕，何況猥瑣無力的人類。」

宙士氣沖沖的說道，但他開始有些氣餒，他知道預言者的柏洛米修士的允許是不會落空的。

「不，他們將不再感覺到你的力量的了；巨人族因愚蠢為你們所滅。但人類卻將有一個遠比你們更偉大，更光明，更快樂的前途；他們對於『火』的利用，將不是你們這班橫暴無智的神閥們所瞭解的。啊，你們只會把『火』來照亮夜宴，來幽會，來裝飾神的廳與室，來鑄打兵器與鐵鎖，來作為毀滅敵人的工具。但人類卻將『火』的功用改變了；『火』將不再是個人的裝飾品，將不再是神閥的工具，將不再是陰謀與個人主義的奴役。它幻變了千萬個式樣，為全人類而服務，為向全人類的光明、幸福的生活的建立之目的而服務。啊，『火』，我終於見到你是向著最光榮，最正當的使命而服役的了！」

柏洛米修士微仰著頭，說教者似的，滔滔的陳說著，為他自己的幻想所沉醉。

「什麼！你敢在我面前為人類誇口！」宙士咆哮道。

「這是事實，宙士，你將會知道。」

「好，你等著，你看我將再在一夜之間把整個人類都掃蕩到地球以外。」

「不，宙士，不要逞強，這不是你力之所能及。」

「啊，啊，恰是我力之所能及的！」

「不，宙士，不要太自負了；人類已不復是猥瑣無力的人類了，從得了火之後，在極短的時間裡，他們已使他們自己具有了神以上的新的能力。」

「什麼，神以上的能力，你們聽聽，這不是瘋話！」

宙士向左右的諸神望望，諸神機械似的點點頭。

「我幾曾有過『超事實』的允許！」預言者的柏洛米修士懸切的說道。

「隨你的意思去允許什麼吧，我是決意將要掃蕩那批猥瑣的人類的了。」

「你不能，宙士。」

「我能，柏洛米修士。」

「絕對的不能，我說。」

「絕對的能！我說。」

他們之間，幾乎是鬥嘴的姿態。

「當你們敢去和人類發生新的鬥爭的時候，宙士，被掃蕩出大地以外的將是你們而不是人類。」

柏洛米修士安詳而鎮定的預言道。

「什麼！你這暴徒！敢！」

宙士再也忍不住，大聲咆吼道，整個神之廳都為之一震。

「來，把這叛逆帶到高加索山去！」

權威和勢力各執著柏洛米修士的一臂，向外推，形相猙獰得怕人。

「我因了幫助有偉大的前途的人類而受到苦難，我不以為憾。柏洛米修士安詳而鎮定的回過頭對宙士說道。「但，宙士，你的權威的發揮，將以我的犧牲為最後的了！」

「什麼！」

宙士的憤怒的水閘整個的拉開了;他忘其所以的，雙足重重的頓著，緊緊的把握著雷矢的那隻手，在桌上重重的擊了一下。一聲震天動地的霹靂，煙火和硫磺氣瀰漫了整個神之廳。愛神愛孚洛特蒂驚得暈倒了;丘比特大叫的藏在椅下。宙士他自己也被震得耳聾。神之后希娫幽幽的哭了。雅西娜還是石像似的站立著。但她青色的臉部卻籠罩上一層未之前有的殷憂之色。

雷聲不斷的大作，電光在閃，每一電鞭，都長長的經過半個天空。鉛灰色的天空，重重的為破碎的綿絮似的雨雲所籠罩。大雨傾盆的倒下去。

大雷雨像永不停止似的在傾洩，彷彿在盡量的表演神閥的最後的威力。

亞凱諾的誘惑

一

深藍色的海水，被裝在無垠的不可見的盂鉢中，不知有誰在推動這盂鉢，海水老是無休止的在動盪。一陣陣的湧了上來，方向巉岩嶙峭的史克薩峰下撲去。這聳立於此不知若干年代的峻峭的高峰，被猛撞著，彷彿痛癢不知似的。嘩啦的作著喧聲，海水自己碎在峰下了。白色泡沫在嘶嘶的叫著。但嘶嘶的白沫還不曾消散得淨，它像受了獵人的矛傷的獅子似的，卻又更勇猛凶頑的撲了過去。又是一陣嘩嘩的被擊碎了的水聲。

山峰無情的頑健的站著；那一層一層規則的巉岩絕壁，爭仰其嶺頂於天空。岩石的色彩是那麼樣的灰黃得可怖；永不曾有過青翠的綠色物在這硬塊上爬行過。一望無際的灰黃色的嶙嶙的險石危岩。一望無際的深藍色的海水。

嘩嘩的碎了的海水聲，更增益了這裡難以忍受的寂寞。

太陽終古的照射在這岩上，水上。危岩反射著悶人的鬱抑的氣息，海水反映出眩目的令人欲作嘔吐的藍光。

這可怕的荒山，這可怕的大地的邊緣，幾曾有人跡踐踏過——除了海中仙女們的偶一的經由於此。

遠遠的有鐵鏈條的鏵朗的相觸聲。來到了幾個不尋常的來客。

海泛斯托士，天上的鐵匠，低了頭，走在前面，他手裡執著一把碩大的鐵錘，無精打彩的，臉色蒼白，眼光淒然欲泣。後面走的是權威和勢力，兩個鐵鑄似的身軀偉巨的奴才；他們監押了巨人柏洛米修士到這大地的絕邊的史克薩尖峰上來。柏洛米修士神色安詳，堅定的在一步步的跟隨著他們走；彷彿具著犧牲的決心，任何艱苦，都已準備著去嘗試。他的項上，圍掛著永不會斷裂的天上鐵匠的爐中所鍛鍊出來的鐵鏈。那鐵鏈的另一頭，被執在權威的手中。

「到了史克薩峰了，」權威道，「好座可怕的荒山！現在，海泛斯托士，是你該動手的時候了。」他向天上的鐵匠招呼道。

大家都站住了足。勢力四望的在找尋一個最適宜的鎖釘那位取火者的地位。

「在這裡！」勢力叫道。

是那麼險巇的一個所在，峭壁的低凹處；光滑的硬岩直立著。沒有一條小路可走。下面一望便是大海，深藍色的海水咆吼的噴吐著白沫。一陣大浪捲衝了來，水花飛濺到他們臉上了，涼涼的；勢力覺得他唇上有點鹹味。

權威把柏洛米修士帶到那塊危岩上去。鐵匠海泛斯托士踟躕不前的跟著他們。

柏洛米修士高傲的仰首望天；天空有幾縷白雲懶散的橫躺著；太陽光嘻嘻哈哈的投射下來。雲影清晰的照在山岩上；人影也清晰的照在山岩上。

「海泛斯托士，為什麼不動手？」勢力道。

海泛斯托士呆呆的站在那裡，眼光老射在地上，彷彿內疚於心，不敢向那偉大的囚人，取火者柏洛米修士，窺望一下。

「是工作的時候了，海泛斯托士，」權威道，「主宙士吩咐你，把這個叛逆的偷火者鎖釘在這峭岩之上，永久不能脫難。他犯下了那滔天大罪，膽敢把天上的『火』，一切知識和工藝的來源，盜給了人類。為了這，不能不使他吃些苦，使他下次知道該如何的服從主宙士的權力，不再闖什麼亂子。」

海泛斯托士抬頭對著權威和勢力，緊蹙著愁眉，說道：

「唉，鏈子的一端，在你手上呢，權威。父宙士的吩咐，我還能不奉行？不過，以強力將一位同宗的神，鎖釘在這個荒原，疾風暴雨常來照顧的地方，我卻沒有勇氣了。柏洛米修士呀，」他回顧取火者說道，「聰明的朋友，你知道我多末難過呢！」他泫然欲涕，淚珠兒已聚集在眼邊，勉強的抑止住了。「全不是我所願意的，你該知道。父宙士吩咐下來，有什麼辦法可以違抗呢？鑄就了那根不可斷裂的鐵鏈，將你鎖釘在這個寂寞的荒岩之上，不見也不聞人與神的聲音面貌的，我是如何的在詛咒我這可詛咒的工作呢！幾次我要逃開熔爐，幾次我的鐵錘停在空中，敲不下鐵砧上去，幾次我要躲避了這可詛咒的工作。然而我又怎能躲避呢！柏洛米修士啊，你該知道，我生來是一個懦夫；主宙士的吩咐，我怎敢違抗呢！」真心的同情的在傾吐著他的心意，說出來了，心裡反而覺得痛快些。「我怕那火熱的太陽光要晒得你頭暈眼花，晒得你皮膚焦黑。你，會渴盼黑夜的星天的來臨。然而黑夜的釋放，不多一會，第二天的太陽又將東昇了。你將永遠的在此守望著，不能臥，不能坐，不能睡眠。父宙士的心腸是鐵做的，他絕不會憐恤而釋放你的。我最擔心的，還是暴風雨後的夜間，狂飆捲了海水撲打在你的身上，幾要將你吞了下去。連頭髮都將是鹹溼溼的。然而第二天又將受烈日的焦灼！這無窮盡的痛苦生涯，你將怎樣的過？」

他說著，末後是幾乎帶著哭聲。

柏洛米修士不說什麼，向他溫柔的微笑著，彷彿像受難的慈母忘記了自己的痛苦而反要慰安其稚子似的。

權威咆吼道：「不要多話了！為什麼不上緊工作，反而逗遛的說這些不相干的空虛的憐恤的話？為何不憎恨這神中的叛逆，將最珍貴的神的寶物盜給了凡人的？」

勢力道：「當心你父親的憤怒！」

海泛斯托士說道：「你們是那麼野蠻凶暴！」

勢力說道：「對他哭有什麼用！又不能解放了他！不要無益的徒耗時間了。快動手工作！」

「立刻動手，不要再延擱下去了！」權威道。

海泛斯托士無力的手拖著大鐵錘，說道：「這可詛咒的技術實在磨難死人！」

「抱怨也沒有用。快動手！」

「我但願別人有這個技術！」海泛斯托士說道。

權威說道：「除了主宙士可以說是具有真正的自由以外，誰還有什麼自主的工作呢。」

海泛斯托士懶懶的站著，執錘的手下垂著，錘頭拖倚在岩下。一點動工的表示也沒有。

「怎麼？不動工？當心主宙士看見你在這裡踟躕徘徊著。」

海泛斯托士有氣無力的舉起了大鐵錘，「好，就動手。」

權威將鐵鏈的一端，交給了他，「你牽了他去，鎖釘在那岩邊。用力釘進岩石上。」

「知道的。」他說道。牽過了取火者，不敢正眼兒向他望著。這鐵匠是硬了心腸在工作。鐵和鐵的相擊聲，震撼了整個荒原；那清晰的一聲聲的叮叮托托的怪響，蓋過了腳下波濤的咆吼，直透入海底，驚起了沉沉酣睡的老亞凱諾，駭動了飛翔在遠處海面上的諸仙女們。

「用力釘下去！打得重些！」權威道。

海泛斯托士道：「看呀，他的這隻手臂已經不能轉動一分一寸的了。」

「再把他第二隻手臂鎖釘住罷。他現在該明白，他雖是狡猾，卻終於脫不了主宙士的掌握。」勢力道。

海泛斯托士無言的在工作著，他因為用力，額上有津津的汗液沁出。他的眼光還不能和柏洛米修士的相接觸，老是躲開了他的。

「現在再把他的雙腳鎖釘住。」權威道。

「柏洛米修士呀，我實在為你傷心。」海泛斯托士放下了鐵錘，欲泣的說道。

柏洛米修士不說什麼；他現在是被縛在岩石上，連一轉側都成了不可能的。然而他忍受一切。他明白，他的犧牲並不是無意義的。

勢力道：「你又為主宙士的仇人而傷心了！當心你自己的前途。」

海泛斯托士不快的說道：「這景象太悽慘了！」這話，很低聲的說著，彷彿對他自己說似的。

權威道：「再把他胸部的鐵鏈緊釘起來。」

海泛斯托士道：「我必須這麼做；不勞你多吩咐。你能夠幫我一下麼？」

權威道：「不，我要吩咐你，督促著你。」

勢力道：「你有著嚴厲的監工者呢。」

海泛斯托士悻悻的說道：「你們的舌頭說出來的話是嚴刻醜惡得像你們的形貌。」

勢力道：「我們生性便是那麼樣的。」

海泛斯托士不再說話。震撼人心肺的長久的鐵與鐵，以及鐵石的相擊，相觸，相噬聲。

最後，海泛斯托士說道：「完了，我們走罷。他的四肢都已被不可斷裂的鐵鏈捆鎖住了。」他提起了大鐵錘，放在肩上，嘆了一口氣。「再見，柏洛米修士，自己保重！」

柏洛米修士只能向他點一點頭，仍是默默不發一言，沒有一絲的憎恨與屈辱之色。

勢力向柏洛米修士做著鬼臉，譏嘲的說道：「你會把神之祕密盜給了凡人；但是現在凡人們能夠救你出於這個刑罰麼？人家稱你為先思，柏洛米修士，好一位先思，看你能否把你自己從這個罕有的堅固鐵工中解放出來！」

柏洛米修士回轉了頭，不去理會他。

權威和勢力趾高氣揚的走去了，如成就了一件大事業；海泛斯托士無聊的隨了他們，痛苦的拖著步履不勻的雙足走著去。

二

太陽光似有意的和柏洛米修士開玩笑，惡毒的直射在他的臉部。柏洛米修士側了臉躲避著，然而光力還是緊逼著他，使他睜不開眼來。

岩下的水聲，嘩啦嘩啦的，一陣陣的碎了，退了，又是一陣陣的爭湧了上來。

寂寞得可怕。一隻小鳥唧的一聲，飛過天空。這是柏洛米修士所見的唯一的生物。

他輕輕的喟嘆了一口氣。太陽光晒得他頭暈目眩。他想轉一個身，然而不可能；鐵鏈是那麼緊的捆縛著他。他不得已要抬起右手來遮蔽這過強的光線，而他不可能！

痛楚開始襲擊著他。一秒一分，像一年一季似的悠久。太陽今天彷彿在天上生了根。老不肯向西方歸去。

額前有汗水滴出；漸聚漸大，沿了臉流下去，流到了眼裡去，酸溜溜的怪難受。然而，用手拭去是不可能。漸漸的流到了嘴邊；那鹹腥味兒也夠噁心的。只好用力的把它唾射出來。

一隻大牛蠅，不知從什麼地方飛來，爬在他手背上，叮得他又痛又癢。然而沒法子去驅逐牠。癢得他連牙齒都麻酸了！恨不得要頓足。然而，足也是那麼緊緊的被縛著，不能移動！

牛蠅癢癢麻麻的沿了手臂，爬上了肩膀；更劇烈的苦惱捉住了他。那酸癢，不可抵擋，不能搔抓，把這位好脾氣的巨人也弄得心頭發火。他目射凶光，牙齒咬得緊緊的，要想捉住什麼來出氣。然而什麼都在他權力之外！

牛蠅又爬上了下頷，爬上了左頰，爬上了眉端與額頭。他靈敏的感得牛蠅的細足的爬動，牠的吸嘴的不規則的觸動。全身起了一陣陣的顫慄。彷彿自頂至踵的皮膚，一粒粒的細胞，都在顫抖與凸出。

臉部被接觸的部位，覺得有點被刺的痛楚。大概是有幾個紅腫的小泡粒。雖然他是那樣的渴望著要用手撫摩一下，然而他的手卻不能去撫摩。

這劇烈的癢與痛，繼續的擾苦著他，惱得他要發狂。

死以上的苦楚！他但禱求大地在足下裂開了，把他呑沒了下去。然而這禱語一點也無效。

三

這痛苦不知繼續了若干時間。一秒一分是一年一季的悠久！

遠遠的有拍拍的鼓翼之聲。一群美麗的海中仙女向柏洛米修士所在的地方飛來。

「是誰被鎖在這懸崖之上呢？」一個仙女道。

「爸爸聽得鐵錘的震響聲，知道是有人在受難。他叫我們來看望你的。」另一位仙女向柏洛米修士道。

柏洛米修士無聲無力的答道：「我是神之族柏洛米修士。為了取火給人類，遭受這樣惡毒的待遇。」他被痛楚擾亂得筋疲力盡。

不知什麼時候，牛蠅已經飛走了。（是仙女們到來把牠驚走的罷？）

太陽已經向西方走去。人影顯得長長的倒映在東邊的地上。空氣是比較的清新與快爽。

海水安靜的平伏著，有若熟睡的巨獅。一點濤聲都聞不到。水面如鏡似的平；水色蔚藍得可愛，好像是最可令人留戀的春湖。西逝的太陽光照射在水面，一片的清新動人的金光。

柏洛米修士長長的吐了一口氣，像是從死亡中逃了出來。幾乎把剛才的倦苦忘個乾淨。

「啊，是親愛的柏洛米修士！」海中仙女們同情的齊聲叫道。「爸爸叫我們飛快的跑來；我們不顧雙翼的疲倦，卻見到的是你，被難在這裡！」

「你們看，我是那麼不能動彈的被鎖在這裡！」

「我們看見的，咳，柏洛米修士呀，我們實在為你難過，我們的眼睛都起了霧，我們的淚快落下了。是宙士把你緊縛在此罷。他也實在太恣意的為所欲為了！」一位仙女道。

「被他推倒的舊王朝還不至這樣的虐待親人呢。」又一位仙女懷舊似的說道。

柏洛米修士道：「是我扶掖了他登上了他的寶座，而今我卻食此報！但我並不灰心，並不懊悔。我知道，他的統治也不會久遠。我看出了一個新的光明時代的到來。」他眼發亮光，望著天空，預言家似的說著，彷彿那光明將來世界，他已是見到其徵兆。

「他將很殘酷的被推倒了，直從最高的所在，跌落在地下的最深最暗處。他的王朝將整個的粉碎了，被掃除了，連纖細餘屑也不留存。神之族將被逐出地球以外。代之而興的，將是那些滋生極盛的人類；他們久被神之族所奴使，所蹂躪，所壓迫，而那時卻將抬頭，成了他們自己的主角了。地上將是那麼美麗的樂園；人世間的生活將是那麼自由，平等，恬靜，美好。」柏洛米修士滔滔的說著，似為他自己的幻想所沉醉。

海中仙女們聽說故事似的在靜靜的聽著。「那末，神之族能自救麼？」其中的一仙女問道。

柏洛米修士搖搖頭，「運命是這樣的注定了的。誰能和運命抗爭呢？宙士還不是時時低首於其前的麼？」

仙女們淒然的不語了好久。海風漸漸的大了；海水開始又蠢動起來。砰呯嘩嘩的聲響，又在岩下吼著。太陽光更向西了；微弱無力的將其餘輝懸掛在海面上。景象淒涼得可憐。仙女們的衣衫被風吹拂得卜卜作響，有若張在歸舟之上的百幅風帆。

「難道竟沒有法子可逃出運命的殘酷的爪牙？」

柏洛米修士嘆道：「被犧牲在宙士的殘酷的爪牙之下的也夠多的了！以牙還牙……」

「不，柏洛米修士；這不是宙士獨自一個的事。你該為神之族打算。」一位仙女道。

「我何能為力呢？這是不可避免的！墮落的便該沒落，『運命』永久指導著最大多數的幸福。而神之族早已走上沒落之途了。少數神們永久把握著統治權的事當然不是『運命』和『公道』所允許的。」柏洛米修士說教似的道。

「記住你自己也是一位神呢！」另一位仙女道。

柏洛米修士笑道：「我不能違抗『運命』與『公道』的指導。走上了沒落之途的墮落的神之族，是絕不能以我之力而挽回劫運的。」

海中仙女們凝立無語，如一群石像似的，假若不是海風吹動了她們的金髮和衣衫。

她們淒然的互視著，眼中含著淚霧，像是已看見了她們自己的運命的歸宿。

太陽紅得像深秋的柿子，無力的躺在水平線上，彷彿一失足便要永久沉淪在西陲而不能再起似的。黑雲聚集在天空，更多，更濃，更厚。傍晚的海風更嚴厲在追撲一切。寒冷與嚴肅的氣象瀰漫於空中。但夕陽的最後餘光，究竟還在努力的和風雲爭鬥領域。它的可憐的病人似的淡金光，還掙扎的牽拉著黑雲的衣袂不肯放手。這便使遲暮的光陰還略存留些生氣。

深藍若墨的海水在崖下翻騰滾沸著，嘩嘩的碎了，又怒吼的撲過去。其咆吼聲，掩蓋過一切聲響。

四

一隻鷹嘴的飛獅，拖了一個坐車，出現於海波洶湧之中。坐在車中的是老年的海之主亞凱諾。

「爸爸自己來了。」幾位仙女們從夢中被驚醒似的同聲叫道。

亞凱諾的車停在荒岩上。他下了車，走到柏洛米修士的身邊，叫道：

「啊，親愛的柏洛米修士，你受苦了！我一聞到這個消息，便趕來看望你。試試我有沒有方法，救你出於這個困阨之中。」不等柏洛米修士的回答，他又向海中仙女們吩咐道：「你們停留在此已久了，晚風淒厲，快些歸去罷。」

仙女們淒然的望著柏洛米修士，飛起在天空，如一群海鳥似的，拍拍的鼓動雙翼，漸遠而不見了。

「啊，親愛的柏洛米修士，你遭這場橫禍，我真為你傷心。你知道我是怎樣的關心於你呀！老友！總有法子可以想的。你不要過於灰心失意。宙士不是那樣忘恩負義的。他的暴烈的性格，如颷風驟雨似的，一過去，便又是天朗氣清了。我試試看，能否為你們倆和解一下。」

柏洛米修士凝望著這位老者亞凱諾的臉部。他的白髮被海風吹得凌亂的拂垂著，頷下長長的白鬚也在不安靜的動盪著。皺紋爬滿了臉、額與眉邊，膚紋尤為深刻，好像用尖刀深深的劃成似的。眼光有些枯澀，已沒有什麼鋒利的神彩了。夕陽照在他臉上，好一副飽經世故的老奸巨滑的多變化的顏面！

「可憐的海泛斯托士，你知道，他是如何的為你而傷心！他嘴裡永在詛咒他自己的工作。他跑到我那裡大哭了許久。他不敢向宙士為你求恕，你知道，他是那樣的一位懦怯可憐的人物。一見到他父親，他便要足踟躕而口囁嚅的。他對我哭，要求我設法救你。即使沒有他的要求，老友，假如我知道了你的事，我也是要為你設法的。」

好像等待著柏洛米修士的回答似的，亞凱諾的眼光老是凝注在他的臉上。

柏洛米修士沉吟的說道：「有什麼可設法的呢！你看，宙士那傢伙高高的占據著他天上的寶座，卻以這樣的方法對待我——我從前是那樣的幫助過他！你想，亞凱諾，和這種傢伙還有什麼話可講的呢！」

亞凱諾連連的把枯瘦的手指掩在嘴上，狼狽的四顧著，搖頭的說道：「輕聲，輕聲，不要說這些憤慨的話了。宙士雖然高坐在天上，他卻是無所不知，無所不聞的呢。前話不用提了；如今他是神之王，我們便該服從他。老友，你要平心靜氣的仔細想想。『在他門下過，怎得不低頭。』也許還要有更甚的痛苦，在等待著你呢。他處置你，還不容易。誰敢不服從他？可憐的柏洛米修士呀，你該聽從我的勸告。拋開了你的傲慢與憤怒，尋求一個補救的辦法。我是無不願意為你盡力的。」

這一篇好心腸似的勸諭，竟打不動柏洛米修士的偉大的自信的心。他明白老人亞凱諾是有人差遣來的。他找不出什麼恰當的明白拒絕的話。只是默默的低頭不語。然而映在夕陽的最後光芒之下的他的臉色，卻表現著沉毅而堅決的光彩。

亞凱諾不見柏洛米修士回答他，便低首下心的又柔聲的勸說道：「我的柏洛米修士呀，你的受難，全為了你的正直與崇高的精神。神與人，誰不敬佩你的偉大的『人格』呢！不過你也不該太自苦了。不該為了猥瑣的凡人們而犧牲到這個地步。你的高傲，你的不肯卑躬曲節，你的不屈服於艱苦之前，已是誰都朗亮的明白的了。但是，你如果肯聽我的勸告，我可以決定，宙士的心並不是不可以挽回的。我為了你，不惜奔波一夜，賣了老臉去說情；也許可以把你從這場困苦裡解放出來。不過……你是聰明絕頂的人，你該明白，宙士的憤怒不是空言所可挽回的。」

他裝著很關切，絮絮切切的說著。柏洛米修士聽得有些不耐煩，臉上漲滿了紅潮，正和天邊的紅霞相映照；足下澎湃的濤聲，似若為他而傾洩鬱怒。

柏洛米修士以銀鈴似的聲音，朗朗的說道：「亞凱諾，謝謝你好意的惠臨；你的來意，我豈有不明白的麼？我老實告訴你了罷：我和宙士之間是沒有可以復和的。你不必徒勞跋涉。」

亞凱諾還想再試試最後的努力。「知道你是明白人。我的來，全出於一片好意。你該仔細為你自己打算一下。至於宙士那方面，老實說，我可以有些把握。關鍵全在你這一邊。『明人不說暗話，』只要——」說至此，他突然放低了聲音，「——你肯把『火』從凡人那裡再取了回來，只要你肯向宙士服罪輸誠，他立刻便可以放你自由的。你何苦來為了凡人們而自甘犧牲呢？」

柏洛米修士臉上若蒙了一重嚴霜，凜凜不可侵犯的說道：「向宙士自首？出賣朋友？啊，亞凱諾，你以為我肯那麼做麼？」

亞凱諾失望了。他明白，這一場勸說是白費了的，但他還最後掙扎的辯解道：「我並不是說要你去自首。你既然會把『火』給了人類，自然也會將它取了回來。這似是並不困難的事。何必為了人類而受難呢？他們難道還會有什麼偉大的前途？」

柏洛米修士說道：「即使我願意把『火』取回，也已是不可能的了；這『火』已成了人類最可寶貴的財產；他們有了『火』，已是自由強盛的一族。他們將不復為神的奴隸與玩物了。神之國將滅，代之而興的便將是他們！」

「你說什麼！」亞凱諾驚叫道。「難道那些猥瑣的人類，宙士會在一夜之間將他們全都掃出地球以外的，竟會代神之族而興！啊，好不可笑的事！柏洛米修士啊，你實在有些神經錯亂了，大約今天的刺激太深了罷。」

「不，亞凱諾，」柏洛米修士道，「我的允許沒有落空的。這人類不像他們的祖先那樣的馴良而易欺壓的了。他們所蘊蓄的無限的力量，將不是你們所知道的。如果神之族要去掃蕩他們，那麼被掃蕩的將是神之族而不是他們；這話我已坦白公開的對宙士說過了。也許，結局來得更快；沒有等到神之族的發動，他們將更快的建樹起『剿神軍』的旗幟了，以無限的新力，攻擊腐敗，墮落，橫恣，無助的神之族，還不像『拉枯摧朽』似的容易麼？亞凱諾，你又何必為這無益的奔走呢？我也勸你，且安靜的等待著『運命』所預備給你的結局。為暴虐的宙士做說客，是絕不會有什麼效果的。」

亞凱諾有些勃然，但突然又燃起最後的一縷希望。「我是完全為了神之族的前途而來的。『兩虎相鬥，必有一傷。』你們何苦自殘而授人類以隙呢？你難道不是屬於神之族麼？難道你忍坐視神之族為猥屑的人類所滅絕麼？忍視神之國為他們所推倒？神之廟堂為他們所竊據，神之財產文物為他們所盜取麼？你是光明磊落，聰明正直的。為何厚於人類，而反薄於神之族！你該明白——我知道你一定是明白的——當神之族果真毀滅時，你難道可以獨存？為何做這自掘墳墓的笨事？」

柏洛米修士淒然的說道：「你這些話，我何嘗不曾想到呢？我之扶植人類，完全為了『正義』與『運命』的驅遣。神之族這若千年來所造下的罪惡，不是罄竹難書麼？他們自趨於墮落之途，自陷於沒落的運命，我怎能以隻手挽回之呢？我難道鐵石所造的，竟一點親情都沒有？你知否，我曾經怎樣努力的要挽回這不可挽回的運命？我之所以幫助宙士兄弟們推翻了他們的父親克羅士的王朝，便是要盡最後之力於此的。豈知宙士們那批乳虎，其為暴為殘的程度又甚於舊朝數十百倍呢！運命之所棄的我豈能幫助之？至於自己，我是早已明了我的結局的。不過，在結局未來之前，我總是要盡心之所安做去的。」

亞凱諾惘然的站在那裡，他的鬚髮被晚風吹得散亂不堪。他目送斜輝，看太陽的紅球漸漸的與西方的水平線相接吻。「難道沒有方法可以逃出運命的掌握麼？」成了譫語似的自白。

柏洛米修士道：「無可挽回的，運命已明白的詔示過我們了。」

太陽的紅球已半淪於海面之下，顯得特別的圓大，其光焰是那樣紅得可憐，有若肺病患者的臨終的臉頰。天空的黑雲，聚集得更濃厚，雲邊的彩色，漸由紅，而紫，而深灰，而黑。那太陽的紅球，很快的便沉到西天的下面。陰影立刻便爬滿了一切山與川，海與崖。但西方還存留著夕陽的餘輝。一縷縷的殘霞，尚照映得見亞凱諾的臉色，那臉色是蒼白而多憂的。

「難道果然沒有可挽回的麼？假如取回了『火』呢？」嗡嗡的語聲，像從無垠的空虛中發出。

「無可挽回，『火』也絕對的取不回來。」

瞿然像從夢中醒來似的，亞凱諾用手指搔理著他的亂髮，憤憤的說道：

「那末，當這大危機將到之際，你竟不肯一援手？」

「何嘗不肯援手呢？實在『運命』是這樣注定了的，連她們自己也是無法變更。」

「好罷，天黑了，柏洛米修士，再見。廢話不多說了。不過，最後，在神之族不曾遇到結局之前，你也許便要先遇到你的殘酷的運命罷！啊，啊，你這場壯烈的無名的犧牲！」這老人的話，轉成了刻薄的譏嘲。

柏洛米修士像就義的烈士似的，以沉毅的語聲答道：「犧牲難道還求『有名』！世界的構成，便是從無量數的無名的壯烈的犧牲之上打基礎的。」

「啊，啊，柏洛米修士，我敬服你的至死不變的堅決的意志。但是，你為了猥瑣的人類而受難，人類會感激你麼？恐怕他們連知道這事都還不曾呢。」亞凱諾坐上了車，諷刺的說道。

「為『正義』而犧牲，而受難，豈復求人之知！」柏洛米修士自誓似的答道。

亞凱諾頹然的拉起繮繩，飛獅急速的拍著雙翼。
無際的黑暗，吞沒了一切。

五

夜潮特別喧譁得可怕。但柏洛米修士的心神比較白天寧靜得多。牛蠅的叮咬處，又有些蠢動的酥麻的作癢，卻已經微得可耐下去。足下的洶洶猛衝的海水，浪花激得高時，往往飛濺得他一臉一身一發的溼漉漉鹹水。

在這無邊的黑暗裡，沉默主宰了一切。柏洛米修士也沉入深思之中。他覺得可笑：宙士托亞凱諾來遊說他，活現出這專制者的狼狽的心情來。亞凱諾那副狡猾的老臉，吞吐的辭令，回憶著還有些厭恨。他們實在太卑鄙了，他難道是一個吃了些苦處便會屈服的人物麼？他豈是一位出賣正義與友誼而違叛運命的指令以求得自己暫時的自由與安樂的人物？這徒勞的勸誘！但一想到亞凱諾臨走時的憤憤的諷嘲，他也有些不安。他知道有更可怕的殘酷的虐刑在等待著。他不怕什麼壯烈的犧牲；但零碎的磨折與奇慘怪特的苦楚，卻是很難抵擋的。他預備鼓起了勇氣在迎接什麼新的殘酷。

過度的興奮，使他肢體與精神都有些睏倦。他要想酣睡。打了好幾個呵欠。然而被牢牢鎖釘著的四肢和胸背，使他的身體不能與岩石接觸；倚著，仰著，俯著，都不能與岩土相親貼。粗硬的鐵鏈，磨得他膚肉奇痛，壓得他肌骨痠楚，以雙手支持體重，或以雙足支持著，都是很不安，很難當的。全身被牽動的不時作痛。

痛楚在支持著他的睡眠的渴念。

不意的，有一個聲音在他面前說話：「柏洛米修士，父宙士差我來最後問你幾句話，你要明白的回答。」不知什麼時候，執蛇杖的神使合爾米士，小竊似的已溜到了他的身邊。

柏洛米修士以沉默當作了回答。

合爾米士宣示似的說道：「父宙士，神與人之主，他吩咐你立即設法把『火』從人間取回；還有，神之族將如何維持永久的統治權，你也要明白的指示出。這是你所能的。你如果這麼辦了，立刻便可自由，而且還將永享天國的榮華與功名。如果再頑抗不遵命令，那末，更楚毒的刑罰與犧牲，你要準備著忍受。你須熟思自身的運命！」

柏洛米修士憤懣之極，變成了冷笑。「不，合爾米士，你這趟奔走是徒勞的。恐嚇並不比勸誘更足以動我的心。我知道我自己的運命。我和宙士之間，沒有什麼可和解的。」

合爾米士不理會他這決心的表示，又機械的傳示道：「給你以十分鐘的最後期限，是或否！」

「否！」柏洛米修士悲憤的不加思索的答道。

沉默了好一會。時間是蝸牛似的在慢爬。難忍的局面。

「是或否．．只要一句話．，已經過了六分鐘了。」

「否！」一個堅決的受難者的宣言，似帶著無限的勇氣與受苦的犧牲的決心。

「已經過八分鐘了；是或否？」

「否！」

「是或否！最後的一分鐘，十秒鐘，一秒鐘了！」

「否！否！」更堅決，更洪朗的斷言。

「好，你這頑強的叛逆者！等待著——」

水蛇似的，一閃眼間合爾米士又在黑暗中溜走了。

六

一條電光，閃過天空，幾乎是經過大半個穹圓的天。像是一個信號。以後是，繼續不斷的電光在閃。雷聲跟了來，更猛更烈的煙火。似專注在這史克薩峰的荒崖。滿處都是難忍受的硫磺氣味。大地在動，待裂不裂；左右的撼擺著。岩石似帆船行於大洋的暴風雨中時的桌上的陳設般的，東倒西傾。鐵鏈因著在大岩上，柏洛米修士隨了岩動而動，一掣一拉的幾類於肢解。

他在掙扎著，電光照見他的痛楚受難的臉。

一個震動天地的雷聲，恰響在他頭上。他的白髮被燒焦了一大片。難忍受的怪氣息。

大風從天上團團的捲掃下來。塵土被捲捆的飛揚起來，天然的集成一團，又倒傾下來。

海水被激怒得山立著，吼著；撲向峰頂，竟吞沒了一切。等到它頹然的倒下來時，柏洛米修士的身形，溼漉漉的，才再被照在電光之下。

掙扎，抵抗，被難！

一陣高吼，海水又淹沒了史克薩峰，把柏洛米修士捲沒在大海中。

電光不住閃著，雷聲不停的霹靂作響。狂風瘋了似的在掃，在捲，在推，在摧毀它所遇到的一切。

埃娥

一

埃那克河緩緩的流過平原，流過山谷。水聲潺潺的悠揚的歌唱著。河邊的青草，絨氈似的平鋪著。未知名的黃花、白花、紅花、藍花，無秩序的挺生於細草之間，仰面向著太陽和天空，驕傲而快樂，彷彿這大地，這世界便是屬於它們似的。古老的橡樹經歷了不知年代的歲月，和這河水同樣的顯得蒼老，張開杈枒的老幹，萬事無所用心的在太陽底下曝晒取暖。藤蘿爬滿了它的身上，居高臨下，悠然自得的欣賞這大自然的美景。一株新生的常春藤懸掛著婀娜多姿的柔條，恰好拖在水面之上，臨波自照它的綠顏，嬌媚若嫁前一夕的少女，春風吹之，柔條亂動的乘機賣弄風姿，水中的長影，也拂移不已。游魚三五，正集其下，受了這不意的驚擾，紛紛的四竄而去，平靜的河面上便連連起了數陣漣漪。

河神埃那克士的獨生女兒埃娥常在這河邊草地遊戲著。她是一位初成熟的女郎，雙頰紅得像蓓蕾剛放的玫瑰花，臉上永遠的掛著微笑。編貝似的一排白齒，那麼可愛的時時的微露著，一雙積伶積俐的眼珠兒，那麼樣天真爛漫，足以移動了最凶暴的神與人的胸中所蘊的毒念。一對白嫩而微現紅色的裸足，常在這草地上飛跑，細草低了頭承受著她的踐踏，彷彿也感得酣適的蜜意。

她是她父親埃那克士的安慰，他的驕傲。他也常坐在河邊的石塊上望著她在天真的奔跑著，凝注著她的漂亮的背影，他自己也為之神移心醉。

「誰是她有福的郎君呢？該好好的替她揀選一個才好。」老埃那克士微笑的滿足的自語著。

埃娥常常找了許許多多的小花朵兒，滿手把握不了，強迫的戴些在她爸爸的白髮上，老埃那克士像小孩兒似的婉婉的隨她插弄。

這一片快樂的天地是他們的，純然的屬於他們。

二

但有一天，一個闖入者突來打斷了他們這快樂的好夢。

埃娥在草地上飛跑著，嬉笑的彎身在採擷小花朵兒。她爸爸恰好有事，不曾和她同來。

她跑得更遠更遠的離開了河邊。

暮靄絢麗的現在天空，黑夜的陰影不知什麼時候已經偷偷的跑到大地上來。晚風吹得埃娥身上有些發涼。

她想，這該是歸去的時候了。

剛回過身去，她發現了一個身軀高大的神，如大樹幹似的，矗立在蒼茫的暮色之中，正擋著她的歸途。

兩隻熱情的眼，灼灼的凝注在她的身上。

她的雙頰立刻集中了紅血，覺得有些發熱。

她想越過這位不意的來客。假裝著從容不迫的向他走了去。心頭是打鼓似的在跳著。

轉了過去，她發現那兩隻灼灼的熱情的眼，也隨了她而轉。她有些發慌，心跳得更厲害，彷彿要衝到口腔中來。

離了那個高大的身軀彷彿很遠了，她放慢了足步，偵探似的偷偷側轉頭去。

啊，這高大的身軀是緊跟在她後邊！

她望見那兩隻灼灼的熱情的眼，像天上的「黃昏曉」似的老凝注在她身上。

「完了。」她自己警覺的暗叫道。立刻飛步的向家而逃。然而全身在發抖，雙腿軟軟的，有點不得勁兒。愈奔愈快，呼吸急迫得接不上氣來。臉是緋紅的。身後也有飛跑著的沉重的足音。她什麼都不想，只是沒命的奔逃。頭有些發脹，要暈倒。

後邊是緊跟著的足步聲。

實在是透不過氣來，膝蓋頭瘦疲得要融化了。被一個小石子絆了一跤。她全身的倒在地上。臉色由紅而變白。

黑夜遮蓋了一切。

三

那兩隻灼灼的熱情眼，如今是更貪婪的注射在她的眼。她閉上了眼皮。淚不自禁的撲撲的落下，如連綿的秋雨。

「噯，不要傷心了；隨了我，什麼都如願。」那高大的身軀擁抱著她，他身上是那麼熱而有力，彷彿被圍困在熱度過高的溫室裡，彷彿被壓榨在千鈞的岩石之下。

她的紅血復潮上了雙頰。

女性的同感的溫柔漸漸的伸出頭來。

她掛著殘淚的臉漸漸的消失了恐怖。她不再掙扎，不再顫慄，不再想躲避。她被男性的熱力所克服。

她如做了一場惡夢，嘆了一口氣，從夢中醒來似的張開了眼，同時支持自己的要脫出他的懷抱。

在掙脫著，柔嫩的手背，不意的觸到了他的頷下，有些麻叮似的刺痛。

她吃了一驚。那頷下是一部鬑鬑的短髭。

她和他面對著面的望著。

好可怕的一張峻澀而蒼老的臉，只有那雙眼光是灼灼的熱情的。

她若遇蛇蠍似的竭力掙出他的擁抱。她的心頭既熱而又冷下去。想要作嘔。頭目涔涔然的。

她背轉了身，渾身若發瘧疾似的在亂抖。那高大的身軀作勢的還想擁抱她。

但她聚集了全身的勇氣，轉過身去，和他面對面的，嚴峻而帶哭聲的問道：

「你是誰？」

那高大的身軀若夜棲於秋塘間的鷺鷥似的格格的笑著；這奸笑，使埃娥的血都冰結了似的凝住了；渾身的毛孔彷彿都張大了，吐出冷氣來。

「孩子，啊，啊，你不知道我麼？」充滿著自負的威權的口吻。他的手撫拍著她的右肩。

她蛇似的滑開了他的接觸。

「孩子，啊，啊，你要知道，你該怎樣的喜歡呢？」他的手又開始去撫摸她的裸出的背的上部。

「不，不。」她聳肩的拒絕了他，含糊的答道，自己也不知道說出的是什麼聲音，本意是要冷峻的直捷痛快的說道，「不喜歡，不喜歡，一百個不喜歡！」

還是溫和的追求著，「啊，啊，孩子，你有了一個人與神之間最有權威的情人了。」那充分的自負的聲音。

「宙士！」埃娥驚喊了起來，幾乎忘形的。她又要掙扎的轉過身去，飛步逃走。

然而她渾身是沒有一點兒的氣力。

「是宙士，我便是他！」那高大的身軀的神，傲然的答道，「你該以此自傲。」

「不，不。」埃娥欲泣的在推卻，彷彿對於一切都顯出峻拒的方式，神智有點昏亂。

宙士作勢又要把她攬到懷中來。她蛇似的亂鑽，亂推，亂躲。

「怎麼？難道你竟不願意有這樣一個情人麼？」

他覺得有些受傷。

埃娥一腔的怒氣，臉色變得鐵青的，顫巍巍戰抖抖的斷續的努力的說道——幾乎是聲嘶力竭的在喊叫。

「是，不願意……就為了你是宙士……你這惡魔……你又來蹂躪……人間的多少好女子……嗚嗚！都供了你的淫慾的……犧牲！」她變成了哭泣，「嗚，嗚，那可憐的媊托娜（Latona），她被你所誘，為你生了那一對雙生子女，你的妻竟拒絕了她在大地上生產……嗚！你這淫賊……你竟不一加援手！……讓她在浮島的狄洛斯（Delos）上住著……而賽美爾（Scmele）……那女郎犧牲得更酷毒……更悲慘……嗚，我不知你是否有一點兒感情……有一些兒心肝在腹腔中！……你完全為了你的淫慾……她懷了狄奧尼修士在身，受了你的妻的欺騙……被你自己的雷火所燒灼……你在火中只搶救了孩子出來……那母親……可憐的竟被燒死……」她動了同感，竟哀哀的大哭起來，停了一會，勉強的止住了嗚咽，眼射出正義之光，繼續的說著，反而鎮定了些，不再那末戰抖得厲害。「那位絕代美女的狄娜(Danaë)，她被囚在鐵塔之中……而你……為了自私……化了一道金光，入塔與她同居。……她生了一個孩子……你完全棄之不顧……她被她父親所棄……連孩子被裝在筒中，拋入大海……她怎樣的向你求救……她怎樣的禱求著你……她向天伸出雙手……她說了怎樣無數的懇求的話……你幾曾答理她……你這自私的無恥的……」

她以一手戟指著他，幾乎是在謾罵。

宙士並不曾發怒——並不曾如他平日似的那末容易發怒——但他也不曾為這一席話所感動，那真性情已經涸乾到半滴不存的心腔，是絕不會知道自愧，自省的，反而見了這美麗的少女，埃娥，時而顫慄，時而哭，時而罵，時而憤怒的種種姿態，而感到醉心；就是在悲恐裡，憤怒裡，她的丰姿也不曾減少半分。那少女的憤激的美，宙士是從未見到過的，幾乎若欣賞什麼似的，他是在嬉嬉的靜觀默察著，沉醉到忘記了一切，連她罵的什麼，也都模模糊糊的。

「說完了嗎，孩子？」宙士嬉嬉的接說道。

埃娥覺得心頭舒暢了些，默默的不理他。

「怎樣？現在跟我走嗎？」他如對付小孩子似的哄逗著她。

她突然的又一驚，「不，不！」她說道，想逃避。

但她怎樣逃得出宙士的掌握呢？

新月掛在藍色的天邊，為這場劫掠婚作證人。

四

老埃那克士那天很晚的方回家來。他想，他的孩子埃娥該早也在家裡等候著他了，她該如往常的跳躍著出來歡迎他，抱住他的頭頸，吻他的冰冷的面頰。想到這，他不自制的微笑著。她還該像往常的故意放刁，故意撒嬌，絮絮切切的責備他為什麼那麼晚才回家，張大了她的嬌媚的小口……害她老等著，她餓得慌了……她餓得幾乎要想吃人……她還要編造出一大篇故事來告訴他……她怎樣的在草地上遇到了一條毒蛇，她奔逃跌了一跤，「你，看，這裡是血！」或者她便訴說，怎樣的在採擷草花的時候，有一個怪模怪樣的羊足的薩蒂兒在追求著她，怎樣緊跟在她後邊說些什麼混帳的話，害得她不得不掩了雙耳逃歸……一切都只為了他不和她在一處。而他便緊緊的摟抱她在胸前，如她孩子時代似的，拍拍她，哄哄她，說爸爸不再離開她了，都是爸的不好。乖乖的，明兒找個好的漂亮的女婿兒給她，而她急速的掙出了他的懷抱，嬌嗔的奔進屋去，故意兒嘭的一聲，重重的關上了房門。

一縷甜蜜的家庭的樂感，在他心腔裡飄蕩著。

老埃那克士故意放輕了足步，當他走近了家的時候，要出其不意的嚇那頑皮的埃娥一跳。他一步步走近了，走到門邊。埃娥不在那裡！

「這孩子，今天怎麼不在門邊等爸？」預籌的打鬧的計畫為之粉碎。他有些惱惱，重重的踏著步走進。

埃娥也不在廳堂裡。

「埃娥！」老頭兒粗聲的叫道。沒有回應。

急速的走到她的房門口，以為她偶然疲倦了在睡。

從門縫裡伸進了白髮的頭顱，柔聲的說道：

「埃娥，起來，爸回來了。還在睡！妳這懶孩子！妳看，爸為妳帶了什麼好東西來了？……」

他在星空和新月的朦朧的微光之下，看得清楚，床上並沒有埃娥。被縟是齊整的堆疊在那裡。

「埃娥到哪裡去了呢？」

他怔住了。心裡開始有些惶惶。

「不要躲起來嚇我，天黑了！我的埃娥，好埃娥！」他淒然的叫道，還疑心她故意躲藏了起來。

「埃娥，埃娥！」他大聲的叫道。還是沒有回應。

「妳到哪裡去了，埃娥？」什麼屋角門邊都找到了，沒有一個人影兒！

「埃娥，埃娥，埃娥！」他找到門口，「埃娥，埃娥！」他往屋後找。都沒有回應。

他心頭湧起了亡失的預警。他知道埃娥從不會那麼晚回家的。

「埃娥，埃娥，埃娥！」他的叫聲淒厲的自己消滅於黑暗中。

他提了一盞手提燈，龍鍾的走到河岸的草原上。老橡樹像鬼怪似的矗立於大地之上。天空晶藍得像千迭琉璃的凝合；星光疏朗朗的散綴於上。鐮刀似的新月，已走在西方的天空上，很快的便要沉沒下去。

老埃那克士無心領略這可愛的夜景。他走一步叫一聲。「埃娥，埃娥，埃娥！」大地和夜天把這可憐的呼喚吞沒進去，一點回聲都沒有。

「埃娥，埃娥，埃娥，妳在哪裡？」老頭兒淒惶的叫道。

他叫著，他叫著，連棲在老樹上的夜鴉都為之驚醒，拍著雙翼，很不高興似的呱呱的叫著，遠遠的飛向別的地方去繼續牠們的好夢。

「埃娥，埃娥，埃娥！」這呼喚空曠而無補的自己消沉下去，像海水之嚙咬岩根，嗡嗡作響似的無聊賴。

他叫得喉乾，他叫得唇顫，最後，幾乎成了乾號，有聲無力的喘息著，癱坐在草地上。

「她是亡失了！她是亡失了！」老埃那克士想道；嘆息著，有一個最壞的結果的預測。

「為毒蛇所咬傷？……然而沒有她的呻吟，她的蹤影。落到什麼懸岩之下，跌死了……也許可能……」

但他不敢想到……被什麼淫惡的神或人劫掠而去……美麗便是禍端……天涯水角，他到什麼地方去尋找呢？父女還有相見的時候麼？

他絕望，他的心有什麼在刺痛；他哀哀的哭了。他的滔滔的淚水，混在埃那克河水裡，流去，流去，流到不知所在的地域。

他躲在深屋之中，沉默的在愁思；他瘋狂似的在草地上漫走著；他若有所失的懶散的坐在河岸的石上，雙眼茫然的望著遠處，望著那夕陽西沉的無垠的天涯。

五

就在那夕陽西沉的天涯的一角，宙士安放了美麗的埃娥，以備他政躬閒暇的時候的享用；活像一個孔雀，一隻梅花鹿，只是被囚著作為觀賞之資。

雖然是衣食不缺；住的是高房大廈，使喚的是豪奴俊婢，但埃娥是終日的悲哀著。

那討厭的宙士，她一見了便要嘔心，便要憤怒，便要躲藏。他卻偏要不時的來糾纏著她。被玩弄著的美人兒的她，如今是那麼容易激怒，雖然她往日是那麼溫柔可喜。宙士，殘忍的宙士，卻反以她的淚水，滿臉橫流直淌的淚水，作為觀賞的對象，竟說，他最愛看她的發怒作態時候的嬌憨模樣兒。調獸者還不是偏要挑逗著被囚的獸類的使性以為快樂麼？

她想哭個痛快，但眼淚是常被憤怒之火燒灼得乾了；她想投身於什麼高崖絕壁之下自殺，然而宙士的奴隸防衛得那麼嚴密……而且她父親還不知道她的生死……

一想到她父親，她的心又軟了下來。年老的爸，發見了她亡失了時，還不知要怎樣的悲哀呢！他該天天在念著她，在默默的愁苦著吧。有什麼方法向他通一個信呢？有什麼法子告訴他一聲：「你愛的女兒並不曾死，她不過被暴主所囚禁著，你設法救出她吧；至少，你該設法來見她。」

他知道了她的確消息的時候，該是怎樣的高興呀！緊蹙不開的雙眉也將暫時為之一放吧。她總須設法和他通一個音訊的。

然而有什麼方法可通音訊呢？宙士的奴隸們監視得那麼嚴密，連房門，她也難得走出一步。

在想到她要是有機會能夠見到她爸爸呀，他們將緊緊的摟抱著，互以樂極而涕的淚臉互相倚偎著；她將對他痛快的傾吐出所受的那一切的冤抑，她在世界上至少是有一個安慰她真心的疼愛她的人，然而這唯一的慰藉，卻也是空想！

她幽幽的哭了。

宙士又偷偷的由什麼地方滑到她的身邊來。

「妳又在哭！」

她別轉頭不理他。但宙士勉強的擁著她，玩物似的慰勸她，逗弄她。這逗弄增益了她的愁恨。

她愈躲，宙士迫得愈緊，逗得愈高興。

「那麼美的天氣，我們倆到園囿裡去走走嗎？老悶在屋裡要悶出病來的。」宙士勸誘著她。

實在，她也好久不曾見到天日了，聽了這話，只默默的不響；宙士覺察出她的默允，便以一臂夾了她的臂，半扶掖的把她帶到了園囿中。

花朵爭妍鬥豔的向春光獻媚；老大的綠樹是那麼有精神的矗立著，像整排的兵在等候命令。地下是那麼柔軟的草氈，足履悄然無聲。

和大自然雖只隔絕了幾天，在埃娥看來，好像是十月數年不曾相見似的。一切都顯得親切而可愛。如久別重逢的親友。那黃澄澄的太陽光，竟如此的輝麗，在臉上手背上撫摩著，是如此的溫柔，彷彿她從不曾有過那麼可愛的白晝。

數級的雲石的踏步引他們到一泓池水的邊涯。這池水是如此的清瑩，如此的澄綠，如此的靜靜的躺著，竟使人不忍用手去觸動它，連把身體映照在水面也似是有礙這靜默的繼續。水底有幾株鮮翠欲滴的水草，秀鋌而又溫柔的各自孤立著。一樹紫藤的珠串似的花叢，正倒影在池中。

埃娥默默的坐在這池邊，不言不動，她為這靜默的幽寂所吸引，暫時忘記了她的煩惱，忘記了她的存在，乃至也忘記了攬抱著她的宙士。

宙士彷彿也為這沉默所感動，雙眼凝注在天空，好久不曾說什麼，天上是纖雲俱空，似是一塵不染的水晶板。

「嘎！」宙士突然的大叫了起來；他連忙推開了埃娥，立起身來，急速的召集一大片的厚而重的烏雲，遮蔽了那清天。他看見遠遠的東天，有孔雀的斑斕的羽光在一閃一閃的動著。

埃娥的幻默被打斷，驚愕的也立了起來。她呆了似的，不知有什麼變故要發生。

宙士口中唸唸有辭，把池水潑了一握在她身上，叫道：

「變，變！」

等不及埃娥的覺省，她已經變成了一隻潔白無垢的牝牛站在那草地上，黑漆似的雙睛，黑漆似的有亮光的雙角，黑漆似的堅硬的四蹄，襯托著一身細膩的白毛，這是神與人所最喜愛的牲畜。

天上的黑雲已經披離的四散了；孔雀的尾翎，儀態萬方的在空中放射著光彩。池水被映照得有些眩目怵心；和這幽悄的環境，絕不相稱。

孔雀的主，神之后希媬，臉若冰霜的和她的不忠實的丈夫，宙士，面對面的站著。她明白她丈夫耍了什麼一個把戲。好幾天以來，她已覺察到他的神情不屬的可疑的樣子。一忽兒的工夫，他又不見了，宮中，廳上，都找不到，行蹤飄忽得像六月的颸風。說話老是唯唯諾諾的。該辦的正事全都放下了。

有什麼羈絆著他呢?

愛孚洛特蒂和她的頑皮的孩子丘比得常常竊竊的私語著;丘比得對著宙士作鬼臉。他怒之以目,微微的對他搖頭。雅西娜石像似的站在那裡,以冷眼作旁觀。

希媩坐在那裡,什麼事都看在眼裡,明白在心裡,表面上只裝作不知。但她已遣了無數的偵探,在跟隨著宙士。早已把宙士這場喜事打探得明明白白。

如今是捉個空兒來點破他。

宙士奸滑的微笑著,並不說什麼。老練於作奸犯科的心靈,已不知什麼叫羞愧。他在等候希媩的發作。

希媩洞若觀火的,立刻奔到白牛的旁邊,裝作愛悅的撫拍著她,說道:

「好不可愛的白牛!是你所畜的麼?」

宙士點點頭。

「我要向你要個小惠，把這匹白牛送給了我罷？」

這使宙士很為難的躊躇著：給了她罷，埃娥是從此失去；不給了她，將再有可怕的事在後面。

但巧於自謀的宙士，只一轉念，便決定了主意，裝作淡然的，微笑說道：

「妳既然愛她，便屬於妳罷。」

那付得失無所容心的瀟灑的態度，活畫出一位老奸巨滑的久享榮華的「主兒」的神情。

好像博弈負了一場似的，他聳聳肩走了；也許已另在打別一位可憐的女郎的主意。留下埃娥聽任他的妻希婭的處置，播弄，與虐待。

豪富的玩獸者，誰還顧惜到被玩弄的獸類的生與死，苦與樂呢？世間有的是獸類！

六

希婭冷笑的目送宙士走去。她不敢惹宙士的生氣，卻把久鬱的妒忌與憤怒全盤傾倒在可憐的埃娥的身上。

埃娥的身體雖變了牛，但她的心還是人心，她的耳也還是人耳。她呆立著視察這一幕滑稽劇的表演，無限的傷心，不禁的淌下淚來。

希婭見白牛落淚，還以為是惜別，這更熾了她的無明的妒火。

「妳這無恥的賤奴，慣勾引人家丈夫的，還哭麼？」她用力拳擊埃娥一下；打得那麼沉重，牛身竟為之倒退幾步。

埃娥想告訴她，這完全是她丈夫的過失，她自己並不甘心服從他，她並不愛他，這些事全然與她無干。她是一位可憐的少女，被屈服於他的暴力之下而無可如何的。希婭應該憐恤她，同情她，釋放她回去看望她的父親。她父親自她亡失後，必定天天在愁苦，白髮不知添了多少，淚水不知淌了多少。該看在同是被壓迫的女性的分上，從輕的發落她！……

她想說千萬句的話，她想傾吐出最沉痛的心腑之所蓄，但是她只是吽吽的嗚叫著，說不出一句話來！

她於著急的後足亂蹦亂跳；她要伸出雙手來呼籲，乞求，懇禱，但是她的手已變了前蹄！她想跪下去，抱了希拉的腿，吻著她，要以女性的痛苦，贏得女性的憐恤與同情，但是她如今是變成了牛，什麼都不能如意的行動。

希拉還以為她是在拗強，在掙扎，在敵對，憤怒更甚，拳擊得更重更快，一直打到白牛跪倒在地上，她自己也手臂痠痛，無力再打，才停止了。

「妳這賤婢，苦處還在後呢，現在且讓妳偷生苟息一下！」希拉臉色蒼白的，喘息的說道：

「來！百眼的亞哥斯。」

她的跟從者百眼怪亞哥斯垂手聽她的吩咐。

「把這賤婢好好的看守著，永遠跟在她的後邊，一刻都不許逃出你的視線之外。不許任何人與神接觸著她。你要賄縱，當心我的家法！」

百眼怪諾諾連聲。希娬恨恨的走了，還回頭指著白牛罵道：

「妳這賤婢，且看我的手段，要叫妳求生不能，求死不得！」

埃娥不能剖白一句，只是將萬斛的悲淚向腹中自吞下去。她不再說什麼，殘酷的宙士竟將她的口永遠封鎖著。她只能沉默的啞子似的忍受一切。

「這惡毒之極的淫棍！」她想切齒的罵道，而發出來的聲音卻變作吽吽的鳴叫。

百眼怪亞哥斯，頭臉上生長著一百隻眼，每兩隻眼輪流著休閉，那九十八隻的灼灼的看守的眼，老是日夜警覺的監視著她。

一步不離的監視，驅趕，這百眼怪的亞哥斯。

埃娥這樣過著牛的生活，而她的心卻是人的心，她的感覺卻是人的感覺。

每逢走到水邊，她便想竄入水底，了此沉痛的生命，而百眼怪卻永遠牽率著她，嚴厲的監視著，呼叱著；使她死也沒有自由。

七

求死不得的埃娥，挨過著畜類的生活，度一日如一年，乃至十年百年。她僅有一條思念，便是她的父親，僅有的一個願望，便是飄泊的走到埃那克河畔，見她父親一面；只要能夠見她親愛的父親一面呀，便萬死，便受比這更楚毒萬倍的楚毒，她也甘心！

她是這樣掙扎的挨過著畜類的生活，一天又一天的，受了多少的鞭撲，呼叱，楚毒，然而阻止不了她步步向埃那克河而去，便一天只走一步，她也高興。

不知有多少時候了，埃娥的願望居然得償。當她遠遠的望見一條白練似的埃那克河蜿曲的在山下流動著時，她便渴想要飛奔而去。她快樂得下淚。然而繩兒是被牽在百眼怪亞哥斯的手上。她愈掙扎的要向河而趨，那忠心的神奴亞哥斯卻偏將她拉回山谷。她向前一步，倒被拉回三步。

親愛的父親，只是可望而不可即；親愛的童年嬉遊之地，孩子時候生長的快樂的家，已可奔就，卻只是可望而不可即。她焦灼得如被架在火堆上燒烤。愈急愈緩，愈掙扎，愈受阻難。

索性鎮定了下去。強抑住萬斛的悲哀與思慕。

有意無意的向下而趨。亞哥斯永遠跟隨著她。

不知經過多少時候，埃娥是踏在她所愛的草地上了，切切實實的踏到了她的家鄉了。

看啊，河邊的大石上，坐著一位老頭兒，垂著頭，若有深思，一切對於他似都無見。白髮，在風中飄蕩著。

「不是爸爸嗎？」埃娥想大叫起來，然而只是吽吽的幾聲牛鳴。

她想高聲的說道：「爸呀，你的寶貝回來！看呀，她在這邊呢！你為什麼不抬起頭來？為什麼不向這邊看？」然而發出的只是幾聲吽吽的牛鳴。

她的心狂跳著，她的淚不自禁的直淌下來，她跳躍，她奔騰，什麼都阻止她不住，她要奔過去緊緊的擁抱了她的父親，痛快的大哭一場，盡量的訴說這別後所受的無涯無限的楚毒與屈辱。

然而繩兒是被牽在亞哥斯的手上！

她實在再忍受不住了；這當前的相逢，這經了長久的思慕的相念，這渴想已久的親戀的撫慰，痛苦的傾吐，豈能再讓它滑了過去！她不顧一切的，在掙扎，在奔騰，在爭持。

繩兒終於被她在百眼怪亞哥斯的手上掙脫。她迅如電似的沒命的向她父親身邊奔去，蹄底踢起了一陣泥霧。亞哥斯追在後面，趕她不上。

她喘息的奔到了埃那克士身邊，溫熱的鼻息直噴衝到他的臉上。老頭兒詫異的站了起來。這可愛的白牛為什麼奔跑到他的身旁呢：這主什麼徵兆呢？難道是女兒遣送她來的？該有女兒的消息吧——他一心只牽掛在女兒身上！

埃娥渴想伸出雙手來抱住她爸爸的頭頸，然而可憐她的雙手變成了牛的前蹄，竟不能伸出擁抱他，她高聲的悲痛的叫道：「爸爸，爸爸！」而這叫聲也竟變成了牛鳴。老頭兒木然的站在那裡，不明白這白牛的意思。

埃娥悲楚的叫道：「爸爸，爸爸，你失去的女兒在這裡了；她冒了千辛萬苦而來到你身旁；你為何不擁抱她呢？」然而只是變成幾聲吽吽的牛鳴！

百眼怪遠遠的在追來了；她又焦急的說道：「爸爸，爸爸，快些，我對你說，那邊有人追來了！我要對你說些要緊的話，爸爸，爸爸！」

然而只是連續的吽吽之聲；老頭兒還是木然的站在那裡，一點表示都沒有——他自從失去了愛女，老是這樣木木訥訥的，對於一切都不發生興趣。

急得埃娥雙淚直流，雙蹄在泥地上踐跳不已。

老埃那克士注意到牛的眼淚，他開始覺得有點怪。

然而埃娥老說不出話來，只是連續的吽吽的叫著。

她詛咒那殘酷已極的宙士！切齒的咒著，恨著。

亞哥斯快到眼前了，他們還不能通達一點的意見。

突然，埃娥想到了一點很好的主意：她用前蹄在泥土上劃出字來。

「我是埃娥，爸爸，我是埃娥！」

老埃那克士見了這牛所劃的字跡，大叫著的把白牛緊緊的抱著，比遭到死喪更沉痛的「兒呀，兒呀」的哭喚著。他的臉和白牛的臉緊緊的貼著；熱淚交雜的流下，辨不清誰的；他的胸膛和白牛的側胸緊緊的依偎著，兩個心臟都在狂跳。他的雙手緊緊的用全力的抱住了埃娥的頭頸。然而埃娥卻沒有法子可以對她爸爸表示什麼；她只是緊緊的用細毛叢叢的身體挨擦著她爸爸的身體。

辨不出是喜，是悲，是苦，是樂！一霎時的熱情的傾吐，千萬種愁緒的奔洩！

而百眼怪亞哥斯來了，他便要把白牛牽走。老埃那克士將身體攔護著她，白牛也輾轉的躲避著，不受他的羈拉。

老埃那克士一邊沒口的向百眼怪亞哥斯懇求著，什麼悲惻的懇求的話，什麼卑躬屈節的祈禱的要求，都不揀不擇的傾洩出來。

「求你，求你……天神……上帝……她是我的女兒……讓我們說幾句話……上帝……我的天……我所崇拜的……我求你……求你……求你……」

他一手攔阻亞哥斯，一手作勢向天禱求，而雙膝是不自禁的跪倒在地上。白牛在閃避，躲藏，卻老依偎在她父親的身旁。

神之奴都是鐵打石刻的心肝。亞哥斯見了這位白髮蕭蕭的老人這樣沉痛的呼籲，他卻是不動心，雖然任誰見了都要為之感動得哭了。

他手打足踢的要把老頭兒推開，他要乘機的拉起白牛的繩兒來，牽著便走。

然而老頭兒抵死的在阻擋著；白牛是那麼巧滑的在閃避。

引得亞哥斯心頭火起。捉一個空，他把牽牛的繩獲到手裡，便盡力的拖了走。

埃娥忍著萬不能忍受的痛苦，死賴著不肯走，只要多停留一刻，她也心滿意足。挨一刻是一刻！

老埃那克士是死命的抱著牛頸，死也不放，白牛被牽前一步，他也隨走一步。他哭喊不出聲音來；眼淚也被熱情與憤急燒乾得流不出來。那一對可怕的預備拚了命來護救他所最愛的女兒的眼，活像瘋人的似的。不知道哪裡來的力氣，衰老的老頭兒竟成了一位勇猛無比的壯士。

但亞哥斯用打牛的鞭去鞭他，用足去踢他，渾身受了不輕的傷，但他還是跟著，抱了白牛的頭頸不放手。

埃娥是如被白熱以上的地獄的火所燒灼，她憤怒得雙眼全紅了，她的後蹄沒命的向亞哥斯腿上踢。

這最沉痛的活劇不知繼續到多少時候，但老埃那克士終於放了手。他頹然的跌倒在地，不知生與死，白牛是被鞭被牽的遠遠的離去。

八

白牛發了狂。她瘋狂的脫出了百眼怪亞哥斯的羈勒。她是那樣的可怕，實在連凶暴若魔王自己的亞哥斯也不敢走近她身邊。她奔騰，她跳躍，她越山過嶺，她竄林渡河，遠遠的，遠遠的，向著無人跡的荒原奔去。

亞哥斯追不上她。

她不知奔跑了多少里路，不知越過多少的城邑與山林，不知經歷了多少的風霜與雨露，落日與殘星。她一息不停的跑著，如具有萬鈞之力。

不知什麼時候，她停止了；而停止時，她的瘋狂便清醒了些。她開始在青草地上吃草，在河裡喝水。她模模糊糊的想到她過去的一切。

而回想便是創痛。她的清淚，綿綿不斷的滴在河裡。她沒有什麼前途：她沒有什麼光明的結局的空想，她只有一個願望，她只有一個咒詛，她只有一條心腸：

她要報復！

這使她不願意死：死要死個值得，對敵人報復了才死，就是一個最殘酷的死，她也含笑忍受。

她要報復！為她自己，也為了一切受難的女性！

她不知將怎樣的報復，然而她有一個信念：她知道，總會有這麼一天，「天國」是粉碎了，粉碎在她和她的子孫之手。

這信念，堅固了她的意志，維持著她的生命，使她受一切苦而不想以「死」來躲避。

但有一天，新的磨難又來臨。不知怎樣，神後希婭又發見了她在草地上漫遊，而百眼怪亞哥斯已不在她身邊監視著，便大怒，切齒的恨道：

「這賤婢，且看她還會逃出我的掌握不？」

她遣送了惡毒的牛蠅到埃娥的身上，使她受更深刻更苦楚的新的刑罰。

埃娥正在細嚼著青青的嫩草；無垠的蒼穹復罩在她的頭上，微風吹得身上涼爽而舒適。沒有一個別的生物。連甲蟲和蝴蝶都沒有在這裡飛翔徘徊，她暫時息下冤苦的重擔。

但突然，身上狠狠的被什麼蟲叮咬了一下；她把尾拂打著，拂打著，但驅不去這小蟲。麻癢，痛楚，她受不了。不像是蚊子，也不像是草叢裡的蟲類。不知什麼地方飛來。她跳躍，但也震不落這怪蟲。又被狠狠的叮咬幾口。癢痛之極！她奔跑，震盪，騰跳，設法要把這怪蟲拋下身去，落在後面。但這怪蟲彷彿生根在她身上似的，老叮著她，成了她的毛孔的一部，血肉的合體。卻又那樣的作怪，一刻不停的咬著，嚙著，叮著。剛在頸部，又在肩上。她回過頭頸，要拿齒與舌去咬牠，捲牠，吞牠，趕牠，牠卻又跑到背脊上去了。尾毛狠狠的向脊上拂打著，枉自打痛了她自己，這怪蟲又滑到腿上了。積伶鬼似的，黑影子似的老是跟隨著她，老是叮咬著她，晝夜不停，風雨不去，簡直是成了她自己的最擾苦的靈魂的自身。咬著，叮著，嚙著，這怪蟲！

她騰跳，她奔逃，她顫動，她臥倒，她將背在地上擦磨，總是趕牠不去，拋牠不下。

那一陣陣的麻痛，痠癢，使她一刻不能安息，一刻沒有舒氣休憩的空兒；反視亞哥斯監視著的時候為最快樂的過去的一夢。她不能睡，剛闔眼，又被叮醒了，又痛，又麻，又癢。她站立著，那麼樣的不安寧，尾拂不停的在驅打，沒有用。自己拋擲在地上，滾著，擦著，臥著，轉側著，沒有用。永遠是又癢，又麻，又痛！

激怒得她又發了狂，她喘息著，沒命的奔跑，奔山過澗，越嶺翻谷。遠遠的，遠遠的，不知向什麼地方奔跑而去。沒有目的，沒有思想，只是發狂的奔跑著，如具有千鈞之力，而身上永遠的是被叮，被咬，又麻，又痛，又癢，驅逐不去，拋落不下，那可怪的怪蟲兒！

不知什麼時候，她奔到了高加索山，史克薩峰之下，她望見了大海，如得了最後的救主似的，她想自投到峰下海裡死去，她痛苦得什麼都忘記了，連報復之念也消滅得不見。

但被囚的柏洛米修士見到了這，雷似的喊叫道：

「埃娥，埃娥，停著，聽我的話！」

好久沒有聽到有什麼人呼喚她的名字了，這呼聲使她感得親切。她停在岩邊。是一位白髮的老人被釘鎖在這絕壁懸岩之上。但她不能回答他，只是吽吽的叫著，其意是要問他是誰，何以知道她。

柏洛米修士明白她的意思，繼續的說道：「我是預言者柏洛米修士，被殘酷的宙士所毒害的一個，正如妳一樣。妳所受的苦難，我都知道。但妳不要灰心。神之族是終於要沒落的，代之而興的是偉大和平的人類。妳的仇，將得報復，不僅是妳，凡一切受難受害者們的仇，皆將得報復。天堂將粉碎的傾覆了，宙士和其族將永遠的被掃出世界以外。『正義』和『運命』是這樣的指導著我們。妳不要灰心。被壓迫者們將會大聯合起來的！前途是遠大，光明，快樂。也許我們見不到，但我們相信：這日子是不在遠！妳到埃及去，在那裡，妳的咒詛將終了，妳將回復人身，為人之妻，生子。而妳的子孫也便是參與倒神運動的主力的一部。」

埃娥不能回答他，但眼中顯出希望的光。她又恢復了她的勇氣與信念。她到了埃及，定居在那裡。當宙士的咒語效力消滅了的時候，果然成了人之妻與母。

埃娥

神的滅亡

一

先知者柏洛米修士的預言實現了：神與人類如今是面對面的在狹路相逢著。

驕奢的神道們，依然是榨取，壓迫，掠奪，追捉凡人間的美好的一切，作為他們的揮霍無度的享樂之資，永不曾想到過他們所踐踏的乃是一座火山，一片埋伏了地雷的陣地，而不久便終將噴發轟炸的。

他們把柏洛米修士的可怕的預言，早已忘個乾淨；那話是好久之前說的；初時，他們還懷有戒心。但日子一多，故態便復萌。人類也仍然是渾渾噩噩的，聽任神們的擺布。他們仍然把第一場的收穫，第一滴釀成的葡萄酒，第一匹初生的肥胖羔羊，第一隻最白肥俊美的壯牛獻給了神道們。臺爾菲，巴那士山，亞靈辟山，以及美貌女神愛孚洛特蒂所住的海島金杜斯都依然的擁擠著祈求禱告的善男信女們。而神道們之所以報答這一班信徒們的，只是恣意所欲的榨取，掠奪，追捉，壓迫。男的神道們，從宙士以下，無不發狂的追逐於人間的最美貌的姑娘們之後，以必得為止，而不久便拋棄了她們，或聽任她們很殘酷的被犧牲了。唉，宙士之於埃娥，愛坡羅之於柯綠妮絲等等——真數說不盡他們的可怕的血染的戀史。女神們，從愛神愛孚洛特蒂以下，也無不看準了人間的最年輕壯健的小夥子們而施以籠罩，誘惑。狄愛娜所戀的安特美恩，他還不是永睡在深山裡麼？愛孚洛特蒂的殘虐的戀愛，更多到不可勝計；最可憐的是，那位老而不死的過時的情人竟惹她討厭，而被變成了螳螂，到今還永不得翻身。

神道們只是吃得胖胖的，養得漂亮而光潤，終日在消耗那永遠消耗不盡的人類所奉獻的最肥美的禮物。他們的過剩的餘暇，便在計劃，布置，實現，怎樣去虐待，戲弄那可憐的人類，以供他們一瞬間的笑樂之資——他們慣在人類的哭泣與悲傷裡，取得歡笑之資。

喜怒無常的神道們，不知做出了顛顛倒倒的多少的恐怖的事業；而他們每一次的過失與戲弄，可憐的人類卻反報酬之以最美好的人間之物，哀懇他們的息怒停嗔。

一天天的這樣的滑過去。那神與人之間的不平等的失態的關係，依然繼續著下去。

宙士老了，頷下的髭鬚，更多，更濃，更粗，而他的色心卻更猛，更無忌憚。索性連他的後希娣也不瞞了。終日的在人間的少女們，在林中，水中的仙女們的堆裡亂闖著。

愛坡羅背著他的銀弓，無惡不作的在處處試碰他的戀愛的運氣。那機警的神的使者合爾米士，水蛇般的，滑來滑去，他也有供他的消遣的一份犧牲品。

雅西娜最嚴肅，拘謹；但這位老處女，心理卻有些變態。處處的尋人吵鬧。一個不對勁兒，便使出她的最惡辣的手段來。不幸的女郎阿娣慶，只為說錯了一句說兒，竟無辜的被她咒變了蜘蛛，到今還在編織著那「可憐無補費精神」的蛛網。

鐵匠海泛斯托士和酒神狄奧尼修士最忠厚。海泛斯托士生來心腸柔軟，卻受盡了神們的侮辱與欺騙。他只有躲在工房裡哭的分子。他的妻愛孚洛特蒂天天塗脂抹粉，打扮得千嬌百媚，和別的神在任情打俏，他也不敢過問半聲兒。狄奧尼修士是孤苦無依，他看不慣那許多不平的無賴事，只是端起大杯的葡萄酒直往喉管裡倒，不醉不止。天上的諸神們簡直忘記了他們之中有海泛斯托士和狄奧尼修士的二位。海泛斯托士終日躲在工房裡，而狄奧尼修士卻終日在外邊漫遊著。

心靈脆弱的海泛斯托士，永遠忘不了柏洛米修士的預言；但他將如何補救呢？即在睡夢裡他也還警覺著那最後的大難的來臨。他曾悄悄的對狄奧尼修士說。狄奧尼修士，那位聰明的弱者，也只是嘆了一口氣，更發狂的把葡萄酒傾倒到胃和腸裡去，一點辦法都沒有。

然而先知者柏洛米修士的預言終於實現了：神與人類如今是面對面的在狹路相逢著。

二

人類在被榨取，掠奪，被恣意殘虐的高壓之下，滋生得更多，更繁。年輕的小夥子們長得更壯健有力。柏洛米修士所給予他們的「火」，更幫助他們以千萬種的方法，向光明走去。他們變得更聰明，更有理性，更會思索。而同時感情也更熱烈；自尊心也漸漸的像在春天的綠草似的鑽出萌芽來。

他們學會了造屋。但還是恭順的將第一所造成的屋，奉獻了神道們，作為他們的家，而更充實以凡人間最珍貴的寶物，最肥美的犧牲，炫飾以凡人間最有藝能的雕刻家所造的最精緻的製品。他們便在那新居里膜拜，祈禱，懇求，哀訴。

神道們欣欣的笑了，柏洛米修士偷竊的結果還是有利於神道們的；而人間的「火」的作用卻仍是以供養神道們為最高的目的。柏洛米修士的預言，這次是撒了一個謊，第一次落了空。

但在一天，可怕的結局終於來到了。

有些人間的聰明而有思想的小夥子們，對於坐食安享的神們正開始有些反感。其中有一個小夥子的戀人，一位美貌的少女，被愛坡羅所見而掠奪了去。那少女的被劫去時的哀號與掙扎，竟粉碎了這小夥子的心。他立志要對愛坡羅，那個無賴的神，復仇——從不曾有過的反抗的心理，如今是滋長在這勇敢聰明的小夥子的心胸間。

他哭訴，他哀號，他控告，他抗議，這場無賴而殘酷的掠劫婚——不對神，卻對他的同伴們。他知道對神道們哀訴與祈禱，是絕對不生效力的；還是向同伴們祈求，要求以實力奪回他所愛的人兒罷！這是唯一的可走的路。

好事而勇敢的小夥子們，為他的祈求與控訴所感動，他們也對於長久的傳統的信仰，起了深切的懷疑與反抗。

「我們所崇拜的神道們，竟會奪取我們所愛之物麼？」他們開始懷疑道。

「怎麼不，他們所最要掠劫的卻正是我們人間所最愛的東西。他們以我們為犧牲，為芻狗，而我們卻膜拜，祈禱，哀訴於其前。這是合理的事麼？」另一部分小夥子道。

「我們以第一場的收穫，第一滴釀成的葡萄酒，第一匹初生的肥胖的羔羊，第一隻最白肥俊美的壯牛所供養的神道們，乃竟是專養來掠劫我們自己所最愛的人和物的麼？」那位被掠奪了戀人的小夥子高叫道。

「我們不願意把人們的血汗和脂膏來供養掠奪我們，施殘害於我們的神道們！」反抗的聲音漸漸的高響起來。

人世間的年輕小夥子們，有思想，有膂力的，開始的蠢蠢欲動起來。

老年人們還隱忍持重，傳統的信仰與恐怖，緊緊的抓住了他們的心靈。他們存著苟且偷安的心，反對，約束，並且阻止年輕小夥子們的輕舉妄動。

「神道們的威力無所不及，無所不周至。我們渺小的人類怎麼能和神道們爭鬥呢？快不要打這種無聊的可怕的算盤了，將以少數人的狂妄而貽全人類以大患呢！」老年人們說道。

「不曾忘記了古昔的可怖的經驗了麼：宙士的一怒，不曾在大地上起了一次洪水，把人類都淹沒了，只剩下豆克龍的夫婦麼？——而那個目無神道的婦人妮奧卜，不曾眼見著她的七對活潑壯健的子女為愛坡羅的神箭逐個的射死了麼？」一個老人恐怖的說道。

「人間私語，天聞若雷，快些閉了嘴。宙士也許聽見了呢！罪過，罪過，快些到神廟去禱告，懺悔！」別一個老人祈禱的道。

而老人們在商議怎樣的能夠向神道們懇求哀禱，消弭神怒的辦法。

年輕的小夥子們聳聳肩，輕蔑的走開了，他們自去預備怎樣去反抗那無惡不作的神道們的運動。

三

年輕小夥子們悄悄舉行了一次會議。

「得小心！我們這人間，有的是神的偵探與走狗。老人們為了苟全一時，也許會出賣我們，而神廟的祭師們，為了自私，準會出死力來阻撓，來破壞我們的。」

「怕什麼！我們年輕人是一團！」一個說。

「年輕人永遠是前進的，團結的，不怕什麼的！」有人這樣叫道。

「不錯，不錯，我們是永遠團結的！」錯雜的贊同的呼叫。

「一人為全體，全體為一人！」他們宣誓的舉起右手來，那雄壯的響聲蓋過了一切。

無窮無盡的年輕小夥子們，站在那裡，頭顱在波動，重重疊疊的，像一個無涯的人海。

在一個屋角，隱伏在暗處，有一個中年的瘦削的男子，像蝙蝠似的，躲在那裡竊聽。

那雄壯的齊一的宣誓的響聲，驚得那中年的男子頭蓋裡都在嗡嗡作響。他從不曾見到人世間有那麼聲氣浩大，意志堅決的表現過。他開始驚覺：這反抗是不平常。但為了他自己和他的神，他卻私衷的在盼望這年輕小夥子們的反抗運動的失敗。他在心底發出微聲的祈求道：「我的神呀，請顯出無上的威力來，壓伏那些年輕的小夥子們！」

他忘記了那些年輕的小夥子們乃是他的同類，同是血與肉所鑄成的人類；神廟裡的煙火和祭神的犧牲的餘瀝，薰醉得這瘦削的中年人，喪失了人的心。為了那戔戔的餘瀝，他甘心為神道們的走狗和爪牙。

「去！我們先去燒掉那淫神愛坡羅的鬼廟！」比雷還響亮的叫聲，驚斷了那個瘦削的中年人的幻想。

圓滾滾的有力的拳頭，隨著口號的叫響，如雨後拔地而起的春筍似的無千無萬向天空伸出。

人群在騷動。嘈雜的語聲，不大聽得清楚。

「走呀，帶了火把去！」群眾喊著。

不知道由什麼人率領著，那無窮盡的年輕的小夥子們，如海浪洶湧似的，都向愛坡羅廟衝去。

那個躲在暗地的瘦削的中年人，搖著頭——「可怕的叛逆，沒得好死！他們還沒有嘗過神道們的苦頭呢！」

幸災樂禍的念頭，如電光似的，掣過他的胸中。但突然他在頓足：「該死！該死！明和晶不也混在他們小夥子們同去麼？」

不知是在怎樣的雜亂無措的心理之下，他跪倒在地上，仰面向天禱告著：

「那一群年輕的小夥子們，犯了這場不可赦的大罪，神道們該把他們殲滅。奴僕們不敢請求寬恕。但，但，請神道們看在奴僕們這幾十年來的辛勤服役的份上，至少不要用雷火或疫矢把他們一網打盡，至少得留下你們的忠心的奴僕的兒子們，至少得留下你們忠心的奴僕所愛的明和晶！奴僕在這裡禱求，哀懇！如果留下了他們，奴僕將奉獻明春最好的第一滴的釀成的葡萄酒與最肥美的初生的羔羊！還有，從此以後，絕不再私自扣留下什麼奉獻物，也絕不再把遠地老人們新獻來的神袍，神冠，私自押當了，變賣了零用！」他第一次羞慚的，真誠的出於心底的禱求。

他哭泣了起來，心裡擾擾的，不知怎麼辦才好。為自己的地位與前途，和為他的所愛的孩子明和晶的命運，究竟該怎麼辦的念頭，交雜在他的心上，糾紛，繞纏，解絕不開，如老樹枝上的藤乾似的。這兩者是矛盾的，衝突的，不能並容的。

在神道們的金石俱焚的雷矢和疫矢之下，他的明和晶能獨存麼？神道們能因了他的禱求而獨赦免了明和晶麼？而且，想起來還要心底慚愧和不安：像他這樣的老是竊盜些神道們的奉獻物以自肥的祭師，神道們果能真實的聽從他的禱語而獨祐護他的明和晶麼？他們是犯了那麼重大的叛逆罪的。這他一想起來便哆嗦，實在沒有把握，但假如，萬一，也許……那年輕的小夥子們便真的成了功呢……絕不會有的事……他連忙想從心底摒棄了這不良的犯罪的念頭……不，也許，萬一成了功呢——他老是斥不開這可怕的念頭——那末，他的前途將是怎樣的呢？他的運命是明顯的擺放在那裡：失業，被唾棄，甚至被虐待以死！不……不……，還是真心一意的盼望著神道們把那一批年輕的小夥子們殲滅了吧！

想起來，真該埋怨殺那兩個不聽話的小夥子，明和晶；他是怎樣的訓教，指示他們的，然而一切懇切的忠告都落了空！他老早的告訴過他們，祭師這行業是如何的重要和光榮。說享用，更是無窮。那長年四季的從不同地方的老年人們婦女們奉獻來的祭神的禮物是享用之不盡的……這行業，他對明說過，他是長子，將歸了他繼承下去。然而晶呢，那前山的狄奧尼修士廟裡的祭師，老而無子，他已經打好了根基，要使晶接上他的手。然而這不聽話的兩個竟參加了這場可怕的叛逆無道的舉動……該死的孩子們……辜負了父親的一片苦心！假如有什麼不測呢？……他真不敢想……他真怨恨那兩個大膽的孩子！……死不足惜……自己闖下的禍……然而，為父親的愛……從小看他們長大了的……多麼乖巧可愛……多麼討人歡喜……更可愛的是晶，那臉上一個小小的酒渦，笑起來便圓圓的凹了下去，自己是慣摟住他們在懷裡，吻著，疼愛著的……自己是一刻也離不開他們，說實話……母親是早已逝去了……能夠安慰他晚景的，只是這兩個孩子……然而多麼可怕……竟犯下了這場大罪！

想到這裡，他幽幽的啜泣了；為了父子的天性的愛，他竟敢想到寧可犧牲了自己的一切，而願意神道們失敗了，而他們那些小夥子們成了功！

然而，這是可能的事麼？他不敢想，心裡擾苦的像服了毒似的，牽腸掛肚的，好不難過。好久不曾有過的清淚，不自禁的一滴滴如雨珠似的落下。

不，不——突然的他想道，還是讓他們死去罷！最可恨的是那些引誘孩子們為叛逆的小夥子們……他們是情真罪確的萬惡不赦的罪犯——孩子們的罪過，全都是出於他們的囮誘！一腔的怨毒又找到了一個洩出的漏口。他只是咬牙切齒的恨……那一批年輕的小夥子們。……願神道們整批的把他們殲滅了……不，不，他的心又在作痛……至少得給他留下明和晶……然而這是可能的麼？……

他咬著牙關，雙眼睜得像毒蛇似的，從地上掙扎了起來，不顧一切的，立定了主意，和那一批害人的，害他的，年輕的叛逆的小夥子們作定了對頭。

他有些暈亂，勉強掙扎的出了這屋角，顛蹀的走著，向愛坡羅廟，他的住所，而去；要看那不敢看的暴亂的結果。

四

無窮盡的年輕的小夥子們的隊伍，向山前愛坡羅廟衝去。愛坡羅廟祭師的二子明和晶，及那位愛人被掠奪的少年，亞克修士，在前率領著，手裡擎著明亮亮的火把，火把上的黑煙如幕了喪紗的婦女似的，在紅尖尖的火焰裡亂竄著。

廟站在巴那士山的坡前。四周是若干白色大理石的圓柱，支持著四塊三角形的屋額。額上的浮雕，精美無比，是人間巧匠在大理石上所能雕斫的最美麗的形體。正面的一額雕的是愛坡羅，這位年輕的神，正驅著太陽車，從大海中升起，向西天馳驟而去。那洶湧的海波，就像在起伏的動盪著，海風吹拂得太陽車前面的馬的鬃毛和愛坡羅的頭髮，向後飄拂著。在最前面飛行著的是美貌的女神奧洛拉，她張開紅霞色的雙手，在指示太陽車的前來。馬匹是雄健若猛獅似的向前直衝，愛坡羅是充滿了生氣、青春與自足的容儀，華貴、閒暇的把捉住那難御的馬韁繩。那種活潑闊大的氣概，邈小的人類見了，真要向之膜拜頂禮不暇。其他的三面，雕鏤的都是愛坡羅在巴那士山巔上和那九位繆斯在奏樂，跳舞，歌唱的情形。那九位美貌的繆斯們的歌舞是那末優秀而逼真地被雕刻出來，彷彿是有血有肉，呼之若語似的。

石柱的裡面，是一周的走廊；廊上也有許多美麗的浮雕。正門是黃光閃閃的亮銅的雙扉，那上面也由巧匠們鑄造出絕為精美的景色；一扉上鑄的是愛坡羅執著銀弓，在山前追逐於野獸們之後。負傷的鹿，那滴滴的鮮血，彷彿便要落在地上似的，奔逃著的山兔和野豬，在狼狽顫慄的東西盲撞，彷彿便要衝出躲出這銅門之外似的。山地上的綠草和不知名的花朵是欣欣向榮的盛長著；天上是無垠的晴空，間有幾朵的白雲，懶散的躺著。別一扉上，鑄的是愛坡羅和他的雙生的姊妹，亞特美絲，站在烏黑的雲頭上，彎弓向妮奧卜的可憐而無辜的漂亮的兒女們射去；已死的垂頭僵直的躺在地上；未死的，痛楚的在掙扎；將死的在盡著他或她的最後的努力，和死神在牽牽拉拉的想躲了去；一個最少的幼女，卻藏到她母親，那多言的妮奧卜的懷裡來。妮奧卜張開雙手保護著她，那幼女的臉上是表現著怎樣的驚惶失措的神氣呀，見了那副可憐的顫慄，沒有不為之油然生憐恤心的；然而那個女神亞特美絲，凶光滿臉的，卻正把一支銀箭搭放在弓弦上，向她瞄準著；想來也不會有幸！那母親，最可憐的是，顧了一個，顧不了那個的在奔救；心底的痛楚與肉體的疲倦，使她幾乎軟癱了下來，她的一隻腿半跪於地上，她的臉仰向天上，那兩隻被悲怨憤急燒灼得無淚可滴的眼睛，正對著那兩位殘殺者愛坡羅和亞特美絲睜視。但她並不屈服，她仍傲慢而自信，這在她堅定的眼光裡可見到——她絕不露出乞憐相來。這是人和神道爭鬧的最可怖的一幕活劇，祭師們特地擺布出來，作為警告後人的——然而人類在那裡已顯示出他們的怎樣的勇氣與不屈來。

進了這亮銅的門便是大殿。殿上是光潔無比，地上滿鋪大理石的地板，行道的所在，還鋪上了最細膩，最貴重的絨氈。一尊大理石雕的愛坡羅的大立像，站立在正中。前面是一個祭壇，上面放滿了奉獻於這位大神的祭品與禮物。紅色的絲絨的幕，間斷了這大殿。然高大，空闊，冷寂的氣象，仍要壓倒了一般來此求福避禍的信徒們。有一股神祕的氣象，滲透於每個人的心胸上。

廟的左翼，有好幾間邊房，那是那位瘦削的中年的祭師的巢穴；在這穴裡，收藏著不少的被吞沒了的獻神的珍物。

廟前是一片廣場，可容好幾萬人，由這廣場到廟門，得經過二百級以上的階級，那也都是大理石所造的。廟的右翼，有一方大水塘，四周圍有無數的常青的大樹，樹上掛滿了披離的藤葛，水邊是平坦的柔軟的草地，上面盛開著無數的小花。那西邊的一方，很少人去的，繁殖著一叢叢的小水仙花，正臨流自憐的映照其絕世的芳姿。

廟後，便是山。岩石嶙峋的突出，像要奔出來噛人。而突出的岩上長著無數的常春藤，拖著它們的柔軟的長長的枝葉，拂懸於廟的屋頂上，使這純白色的大廟，表現著蒼老的古拙的氣味，增益著傳統的信仰的習慣。

這廟，如今是招致了空前的巨數的來客，可是這無窮盡的來客們並非進香求卦的信徒，而是年輕的叛逆的小夥子們。神祕的畏敬之感，在他們的心胸裡，已經掃蕩得乾乾淨淨。

廟前的廣場上，容納不下那麼無窮盡的叛逆的廣漠的隊伍。最前列的已經擠到廟前，登上了大理石階，走入了亮銅門裡，而後列的還在路上走著，並未望見廟的影形。

大殿裡黝黑異常。明走得太急，幾乎被光滑的大理石的地板，滑了一跤，連忙站定了。他手裡執著一個大火把在熊熊的發光，照見愛坡羅的大像，傲慢的站在那裡。紅色的絲絨的帳幕，把這大殿間隔成幾區。

「我們就動手了！」他大叫道。

悲憤的亞克修士也跟了上來；他見了那充滿了自足、傲慢的石像的姿態便氣往上衝，隨手用手執的火把，把紅色的絲絨幕燃著了。大家都學樣。一片的火與煙。

年輕的小夥子們一見了火光，齊聲的大喊，興奮得欲狂：「打呀，燒呀，踏平了這淫神的巢穴！」

亞克修士第一個動手要去推倒那大神像，然而推不動分毫。潮湧似的群眾，擠向前去。人的海，但仍沒法擠倒了那神像，它還是傲慢的屹立在那裡。

「拿繩子來拖倒了它！」明有主張的喊道。

立刻取到了最堅牢的繩子，亞克修士攀上了神座，把這繩子捆住了神像的頸部。拉著那一端的繩頭，如拔河戲似的，大眾使勁的拉，拉，拉……叭喳的一聲響亮，連大地似都被驚撼得跳了起來。大理石的地板，被打得粉碎，那尊大神像，也斷成七八段，美貌的頭部，跌得成了碎屑；大理石的碎屑紛飛在空中，站在附近的青年的小夥子們有好幾個的臉上，都被濺打得流著血……殿上是一片紅光……黑煙突突的升起……

就在這時，就在神像倒下了的時候，一個奇蹟出現了：愛坡羅他自己代替了他的立像站立在神壇之上。大眾不相信自己的眼。然而的的確確是愛坡羅，一個活動的，代替了大理石所雕成的，不知從什麼地方，在什麼時候，飛奔了來；只是這活的神道，臉上顯得憔悴了些，沒有神像那麼年輕美貌，大約是酒色淘虛了他，衰老了他。

「什麼大膽的叛徒，敢在我的神廟裡搗亂！我的祭師呢，哪裡去了？難道不會阻止他們麼？竟要我自己奔了來！他受了我多年的祐護，竟躲開了不見面？我且先結果了這小子！……但你們這些無知大膽的小夥子們……且看看我的手段！」他銀鈴似的聲音，但有些沙啞，已不如當年的清朗了，有威力的說道。同時，執起了他的銀弓，從銀色的箭囊裡，拔出了一支銀箭。

大眾是被這突現的奇蹟，驚得傻呆了。然而很快的便恢復了勇氣。

「好！這淫神竟自己站立在我們之前！還不向前打倒了他，殺了他，殺了他，撲滅了他！」亞克修士大聲的，用盡肺部的力量喊道，揮舞著雙手，像司令官似的，第一個奔向前去，往愛坡羅面前直衝，要像推倒了他的立像似的，推倒了他。

如電光的一閃，愛坡羅的銀色的疫箭，已經穿貫了亞克修士的心。他大叫了一聲，向後倒去。血咕咕的從傷口流出。臉和身體都變成了鐵青色。

很快的，愛坡羅又拈起了第二支，第三支……的疫箭，隨意的射著，年輕的小夥子們，陸續的倒了下去。

群眾被驚住了；最前的一列，要向後退回去，但後面是擁擁擠擠的人體，急切的退不了，還是向前衝；但氣勢已緩和了些。

死屍堆成了山。受傷者在痛苦的呻吟著。有的已被火所燒灼；燒焦了的人發和肉體的臭味怪難聞的。

愛坡羅傲慢而無恙的屹立在神壇上，臉部表現著自信與輕蔑的冷笑。雙手還是忙碌的拈箭，搭上弓弦便放射。在紅色的火光裡，他是那樣的雄偉的屹立著。

「往前衝呀，不要怕他的箭！撲倒這無道的妖神！撲倒他！殺死他！」祭師之子明，站在那裡喊。

他率領了一部分年輕的人第二次衝向上去。快到了愛坡羅的身邊，卻被他的疫箭所射中，痛苦的僕倒在地上，嘴裡還在模糊的喊著：「打倒……他！衝向……前！」

群眾又略退了退。但祭師的第二子晶，悲憤欲絕的不顧性命的很快的便衝了上去。愛坡羅眼尖，連忙彎弓向他射去。卻中了旁邊的一個人。他到了愛坡羅的身邊，用火把直戳到愛坡羅的臉部。

愛坡羅退了一步，但臉的一邊已為火把所灼傷。他大吼了一聲——大殿的屋頂都為之震動，來不及拈箭，連忙用弓弦隔過了熊熊的火把。第二支火把又撲向他來。黑煙燻得他急切的張不開眼。他的半裸著的身上也被灼傷好幾處。他像被獵中矛的公獅般的，連連的大吼著。他的弓弦，雖打倒了好幾個年輕的人們，他們卻總是不肯退去，且愈殺愈多。

愛坡羅不得不第一次倒了威風的退下去。一聲響亮，他已經不見了，剩下一座空空的神壇！

但晶，那祭師之子，臉上雖被弓弦割傷了一大塊，還是勇敢的衝到殿後，叫道：「追呀，打倒他，撲滅他！」

大眾追到了殿後。一片的嶙峋的可怕的岩山，無徑可上。愛坡羅站在那岩頂上獰笑著——那可怕的惡毒的笑！

他再向銀色的箭袋取箭，但他的箭袋已經空了；一看那永永不離身的銀弓，弓弦也不知在什麼時候已被燒斷了。

他覺得有些喪氣，心裡警覺著比這更重大的危險。連忙離開了這重要的巢穴巴那士山，如一道火光，經過長空，向亞靈辟山飛去，求計於宙士和雅西娜。

這裡，見愛坡羅狼狽的逃去，便擾擾的大喊起來，歌唱著勝利之曲；永未之前聞的人類戰勝了神的勝利之曲。

年輕的小夥子們發狂的在跳躍，歌唱，那雄壯而齊一的歌聲直可達到了亞靈辟山之頂巔，而使諸神們感得不安，而使宙士覺得有些心驚肉跳。

未死的受傷者們，陸續的被扶出神廟，明也在內，送到了山腳下那所極大的醫院裡去。被視為不可救的疫箭的傷，這時，因了人類的文化的發展，已有靈藥可以治癒。人類竟不怕那神和人所久畏的疫箭和銀弓！

廟裡的火焰，熊熊的繼續的燒著。亮銅的雙扉，被燒灼得紅了，失了形，大理石的大柱和殿額都倒塌了下去。祭師的巢穴，也被波及，燒得只剩下枯柱，矗立在那裡。一切珍物寶藏，都被這場大火一古腦兒收拾了去。

右邊的美麗的森林和池塘，被過熾的紅焰，灼得變成了焦黃色，失去了青翠可愛的鮮豔。

等到那位瘦削的中年人，愛坡羅廟的祭師，趕到了時，他只發見一片的折柱頹垣；在那白色的大理石堆裡，還餘燼未熄，冒吐著裊裊的輕煙，和難聞的枯焦的味兒。

五

那瘦削的中年的祭師，急得只頓足：一生的勤勞竟被毀於一旦！而他的兩個愛子：明和晶，也急切的找不到他們的蹤跡——也許已被愛坡羅的憤怒的疫箭收拾而死，但他還不曾想到這！只是吝惜著那一切的喪亡：他發狂似的在大理石堆裡尋找著：見到了一塊破藍布，他也在石縫裡拖了出來。看了看，又扔開了；彷彿仍有寶藏被壓在石堆之下。但那麼沉重的大理石塊，遠非他的枯瘦的身材所能轉動，他搬了搬，見得絲毫不動彈，嘆了一口氣，也便放下。

在大理石堆裡徘徊無計，成了無家可歸的狗。天色暗了下來，他頹唐的坐在一堆斷柱上。西方的天空，昏黃得可怕：彷彿便是地球的末日的到來。

沉默了許久，他撲的跪倒在亂石堆裡，向天哀禱：「請寬恕你的奴僕呀，大神愛坡羅，實在非他之過呀！他想不到會有那麼一場大災禍的！大神呀，請你來臨！聽你奴僕的禱告：快出現來，殲滅了他們那些大膽妄為的小夥子們！懇求你！如果再不顯些神威，那末，神道們更將有誰來崇拜呢？他的奴僕們將怎樣的生存下去呢？愛坡羅呀，請對你的奴僕現出罷！他在這樣哀禱你呢！」他禱告著，想到哀怨處，竟大聲的哭了起來。從來沒有過的真心的禱求。但他沒有想到，他的神，愛坡羅，這時正狼狽不堪的負了一身的火毒和灼傷，躺在他的父親宙士的宮裡，在痛楚的呻吟著，一切置之不見不聞。

在這時，那瘦削的中年人，祭師，突然聽見山坡下宏亮而齊一的唱著一曲勝利之歌，人對於神的戰勝之歌——那歌聲是，那麼樣的堅定而喜悅，宏暢而自信，那祭師從來不曾聽見過，有異於一切的哀禱的，祈求的，感謝的敬神歌，他們乃是那麼樣的謙牧與乞憐相，那末樣的婉曲而不敢放肆！他順著歌聲，在朦朧的太陽的最後的餘輝裡，回過頭，望見山坡之下，無窮盡的年輕的小夥子們的隊伍，在歡躍，在歌唱，表現著人類不曾有過的第一次大勝利的凱旋的姿態。

「年輕的小夥子們真的便占了上風了麼？」他有些不相信他的眼睛和耳朵。「神的威靈真的便一蹶不振了麼？」他又跪倒了：「神呀，我們所托命的神呀，快些顯威示靈出來罷。別讓那些小夥子們盡猖狂的下去！你的奴僕在此哀祈著呀！哭訴著呀！」

然而神是一毫的動作也沒有。回答他的是塌頹了的石罅裡的還未熄盡的裊裊上升的餘煙。

他頹唐的掙扎的站了起來，頓著足，咬牙切齒的詛咒道：「神的更大的懲罰，有的是在後邊！」

不由自主的向山坡走下。混入了年輕的小夥子們的堆裡。他想到了要尋找他的明和晶的下落。

「呵，呵，愛坡羅的祭師，走來了！看他的頹唐失措的神氣！呵，祭師，你的巢穴被剷除了，你還是投入我們的隊伍裡來吧，凡是人類都應該同站在一條戰線上來的！」一個年輕人，始而開玩笑，繼而變成了嚴肅的說道。

「不錯，凡是人類都應該站在一條戰線上來的！」年輕的小夥子們錯落的叫道。

出乎那祭師的意料之外，他們並沒有敵視之意。

「看樣子，他是受刺激過度了罷？且又無家可歸。」一個年輕的領袖說道，又和氣的向祭師道：「祭師，不，我們的朋友，還是請你到醫院裡暫息一夜罷。」

祭師心不屬焉的沉默不言，但並不反抗的被他們引導到那所宏麗的醫院裡來。

一股濃烈的藥的氣味，撲鼻而來，大廳上橫縱的支架著無數的床，床上有人在呻吟著。他看不清是誰，光線是那麼微弱。「爸爸，我們是勝利了！」一個歡躍的聲音叫道。

是晶，他所愛的晶，頭上紮著白布，顯然是受了傷，但仍是精神奕奕的，從一張床上跳了起來，赤著足，向他走來。

那祭師，不說什麼，只用勁的抱住了他，吻著他的黃金的髮。

「爸爸，爸爸，說來你不信，剛才我們是和愛坡羅，那無賴的神，對壘著！我們這邊受了傷和戰死不少，但愛坡羅，呵，呵，那無賴狼狽的逃走了！爸爸，爸爸，我們以後再不要恐怖於他的疫箭了，他的銀弓的弦，被我們燒斷，而我們的醫院卻很有把握的會醫好疫箭的傷痕。」

那祭師，還以為他在開玩笑的說謊，並不答理他。「但爸爸，」晶呵呵的笑道，「那無賴，愛坡羅，是狼狽的逃走了！」

年輕的小夥子們，受了傷的，都坐了起來，他們是被人類自己的力量所救活過來的，同聲的呵呵的笑道：「不錯，那無賴，愛坡羅，是狼狽的逃走了！」

那祭師有些惶惑，他不知道自己是置身在什麼地方；愛坡羅他自己出現了，而且被打敗了，這是可信的麼？

他疑心自己是在睡夢裡，神道們有意要試試他的信仰。

他的晶以熱情的手臂，環著他父親的頭頸，叫道：「爸爸，你該放棄了對於神的迷信了；他的巢穴，你的產業，都已一掃而空；正是你赤裸裸的重新做人的一個絕好的機會。請你相信人類自己的力量；不要再為神道們作爪牙，在自欺欺人了！」

那祭師還是沉默不響，瘦削的面頰，不自禁的有些忸怩的表情。

「不要忘記了你也是個人，並不是那神的同類。是人，便該團結起來。」晶又道。

「但明呢，他在哪裡呢？我要看他！」那祭師啞著聲的第一次開了口，彷彿是要找個遁逃的處所似的。

「哥哥在那邊；他被愛坡羅的箭，射中了胸前，傷勢不輕。同伴們把他抬到這醫院裡來。經了大夫們的竭力救治，已經是脫離危險了。」

他領了那祭師進入裡邊的一間病房。

年輕的小夥子們無邊無際的隊伍，還在歡唱與跳舞；他們的歌聲，表現著無限的自信與勇敢。殲神軍的工作剛在開始，他們知道：前途是需要無量的犧牲與貞勇。

被燒掉的布匹，木材以及其他的餘燼，發出燻焦的氣息，隨風不時的飄吹過來。那焦氣味，年輕的小夥子們並不拒絕嗅聞，怪有趣兒的，彷彿野蠻人之貪愛燻山兔似的。他們張開了肺量，在晚風裡，深深的呼吸；充滿了生的自信與滿足。

六

神道們在會議。

天色是死灰的。漫漫的濃霧，隔絕了天和地。那漫漫四圍，把握不住的死灰色，鬱悶得人只想發怒。

宙士，神與人的主宰，鬱鬱的頹唐的坐在寶座上，英鷙無畏的自傲的姿態，有些動搖。因了主人的不愉，他座下伏著的鷲鷹，也像被剪去了毛翮似的垂頭喪氣的蹲著。勢力和權威，那兩個鐵鑄的奴才，也垂手站在兩邊，像無所施其技似的無聊的沉默著。

愛坡羅，渾身包裹了白布，他的灼傷，還未全愈，那狼狽的樣子，任誰見了便要發笑，非復背著銀弓時的漂亮的神氣了。

雅西娜還是那麼冷峻的，披著盔甲，執著長矛，石人似的站在那裡。她的旁邊，坐著神之后希婭，那位易激怒，善妒忌的女神，她顯出暴躁不安；但望了望宙士，也不說什麼。

嬌媚淫蕩的愛之女神愛孚洛特蒂半裸著上身，白裡透紅的肌膚，像五月最鮮美的水蜜桃似的，怪誘惑人的；她緊挨著戰神亞里士身邊坐著。斜著眼，微微的在笑。一大廳的諸神，只有她一個是充滿了愉快的生氣。亞里士微蹙著額頭，那兇殘的久習於戰陣的身軀，在這時，也似感著棘手與躊躇。愛的女神，他的情婦的嬌笑，竟移不了他的愁思。

水之主宰普賽頓，輕易不上天庭來的，而這時也匆匆的趕了來；滿臉的深刻的皺紋與于思滿頷的濃鬚，表現著一個多慮的有經驗的老人，他的同伴，海之主人，亞凱諾，那位慣於獻殷勤的老頭兒，也跟了來，看看有什麼他該幫點忙的事可做。

酒神狄奧尼修士和天上的鐵匠海泛斯托士坐在最隱僻的一隅，低垂了頭，不說一句話。

死寂以上的沉默。

「合爾米士，好不誤事，還不來報告什麼！」希婭不安而焦慮的說道。

「忙什麼！」宙士沒有好氣的睜著眼，望著她。她懊惱的低了頭，哈嘟著嘴。

「你的弓弦是怎樣的被燒斷的呢？」亞特美絲，愛坡羅的孿生姊妹，悄聲的對他問道。

愛坡羅聳聳肩，苦笑的說道：「沒有什麼！只是人類是大不同了！他們不怕死；我已經殺死他們不少，屍堆成了山，但他們不退，還是逼了上來，用那可詛咒的火燒灼我！」

「難道他們真的不需要我們了麼？真的不再以第一場收成的穀，第一滴釀成的葡萄酒，第一胎的肥美的羔羊，第一匹最壯健的白牛，奉獻給我們了麼？我們的祭師們，哪裡去了？那些取我們的餘瀝以自肥的奴僕們難道不會威嚇他們，囮誘他們？再不顯些神威給他們看看，真要招致從來沒有的神國的侮辱了！」亞特美絲愈說愈氣憤，語聲有些高縱。

「你且去試試看。」愛坡羅冷冷的說。

「你難道真被那些猥瑣的人類嚇破了膽?我替你好羞!連銀弓也遭了劫!」亞特美絲憤憤的啞聲的說,為了她兄弟的過於不爭氣,有些難堪。

愛坡羅掉轉了頭,不去理她。

「那末,該用普賽頓的威力來了,」宙士說道,「我曾經吩咐過你,在一宵間,集中了河海的水濤,把整個的人類淹沒了去。難道你不曾照辦麼?」

普賽頓苦著臉,搖搖頭,徐緩的說道:「何嘗不曾那麼辦呢!無奈那些人類實在太狡猾了!他們防備得是那麼嚴密周到。河水氾濫不了他們的住宅區,河堤的保護與建築,是那樣的堅固。海塘更不必說的。我在剛才,曾率領了全部的水兵,用盡力量的沖,激,掃,蕩,然而他們是絲毫不動。河水只是馴服的向海流去。人類如今是大不同了!」

宙士,緊蹙著雙眉,不說什麼。

又是一陣的沉默。

宙士座下的鷙鷹，悶伏得不耐煩了，伸開雙翼，像人伸懶腰似的拍拍幾下，又閉合了攏來。

合爾米士張皇的由廳外滑了進來。

「合爾米士，有什麼重要的消息？」宙士問道，皺著眉頭。

「人類實在太可怪了！連被愛坡羅疫箭所射傷的人，他們都會救活了過來。如今是更活潑，更壯健的活動著，聲言要和神道們作對到底。」合爾米士道。

「呵，有這怪事！」宙士跳了起來。「死亡是做什麼的！叫了他來！」

「但死亡曾被擊退了來的，」合爾米士道，「人類有一個什麼場所，稱為醫院的，中了疫箭的人，進了那裡便被治癒了。」

亞特美絲默默不言，她也感到一種不平常的嚴重。她和她的兄弟愛坡羅的威權，將要無所施其技的了！——辛苦的配製來的箭頭，也可以不必再安裝上箭竿的了。

「連疫箭都對之不發生效力，更有什麼別的辦法呢？」宙士沉思的說道。

「用雷火！」如電似的，這思想一閃而過。但在用盡了別的殲滅人類之法以前，他還不願意浪用這最後的可怕的武器。

長久的沉默，可怕的拖著下去。

勢力站得腳瘦了，不安的在左右足換著站立。權威打了一個呵欠，覺得不合禮貌，連忙用大手掩上了嘴。

海的主人亞凱諾，小心翼翼的獻議道：「只有設法把他們分化了，使他們自相猜疑，自相殘殺。我們可以不費吹灰之力，便可以殲滅了他們。」

雅西娜冷峻的說道：「只有這辦法最妥當。」

「利用了我們的祭師們去實行麼？」宙士向亞凱諾問道。

「不，不，」亞凱諾彷彿狡智滿胸的說道，「他們在人類裡已經失去作用。隨了神的權威的動搖，他們的勢力也被推倒了。最好還是用什麼可欣羨的東西，去誘惑新興的領袖們。只要獲得了他們的贊助，神的權威便又可重樹起來的了。」

宙士似解開一重死結，心裡痛快得多了。「這倒是一個辦法，立刻便去試試。但差遣了誰去呢？」

亞凱諾豬似的小眼，巡睃了大廳一周，眼光停在愛的女神愛孚洛特蒂的身上。「還是辛苦愛孚洛特蒂小姐一趟吧，她的魔力最大。」

宙士首先嗤的一聲笑了；大眾隨之而嘻嘻吃吃的樂著。暫時解除了那嚴重的空氣。海泛斯托士覺得有點受傷，(只有他不笑) 頭垂得更低。戰神亞里士以手觸觸愛孚洛特蒂的身體，肘節恰觸到她的胸部；感著光膩溫暖，心裡有些蕩漾，她卻嬉嬉的笑著，充滿了自信與光榮的氣概。

「但只有她一人還不夠，」亞凱諾續道，「最好再煩勞神後希婔和雅西娜一同走走。」

希婔顯得怪難為情的，雅西娜的嚴冷的臉上，卻絲毫不變。

「當然諸位女神們是明白怎樣的去勸惑和囮誘凡人的。不過，這次的事不平常，得小心。」

七

就在那一夜，星光如江上漁火似的正在天板上轉動。三位女神從亞靈辟山的最高峰，飛到了人間。

積伶鬼的合爾米士，指示她們以幾個重要的年輕的小夥子們的領袖的所在。這場面無須乎他出場；他便水蛇似的滑了開去，聽任那三位女神們的如何展布其伎倆。

希婭第一個向一位領袖走去。他是一位勇敢的粗魯人，出身於農民的家裡，風雪水旱，受盡了神道們的作難與勒索。他天然的具有厭惡與反抗神道們的情緒。

希婭這次並不帶了美麗的孔雀，她的愛禽同去，但也掩不住她那儀態萬方的華貴的樣子。

那少年領袖，住在一所低矮的屋裡，屋裡的器具，異常的簡單，他正對著熒熒的一燈，打算著怎樣乘了一鼓作氣的當兒，逐漸的掃蕩了神道們的巢穴。

屋裡突然的一亮，闖進了一個不速的來客。太不意了，他惶惶的站了起來。希娅和藹的叫道：「呵，年輕人，你知道我是誰麼？我是專為你而來的！要將人世間的最寶貴的禮物，帶給了你！」

這使他更迷惑。這位半老的華貴婦人是誰呢？人間沒有這樣的一個人物。

「假如你肯拋棄了你的無益的企圖，阻止了你同伴們的冒險的叛逆行為的話，啊，啊，我的孩子，你將見神道們所酬報於你的，是怎樣的一份厚禮。」

這年輕人，漸漸的明白了這貴客的來意。

「你該知道神道們的威力是如何的偉大。在一夜之間，他，主宙士，可以掃蕩整個人類出於地球之外。然而，為了上天的好生之德，為了人類的歷年的為神服務，為了祭師和長老們的哀禱，祈求，主宙士卻不肯使這麼辣手的辦法。只要你們肯停止了反抗的舉動，啊，啊，孩子，你將見神道們將怎樣的報答這可愛的人類——豐年與繁華，成熟的葡萄與財富，什麼都有。至於你個人，如果肯為神出力呢，我將允許你，幫助你——你得知道神后希婭的允許是永不會落空的，而她的幫助，你也將明白是怎樣的有力。」

那年輕人沉默不言。

「解散了那年輕的小夥子們的團體，不再從事於叛神的舉動，而你便將有你所欲的最大的恩賜。你想富，世界上的財富是會放在你的足邊的；我們將為你啟示出一個未之前有的寶藏。但如果你更注意於權力呢，那末世界的最高的權力，將是屬於你之所有。」

再也忍不住了，他昂起頭來，氣概凜然的叫道：「走開去，不管妳是誰。我不能出賣同伴們以求得財富與地位。神的壓迫，已經到了末日，任怎樣也是維持不住的。這誘勸，是無用。何況，我將怎樣的勸阻大眾呢？當我一顯示出叛眾的行為時，立刻便將為大眾所認識，便將不再為他們所信任，便將成為攻擊的目標。徒然毀損了我，於你們是無益的。這運動，是普遍的久鬱的怨恨的表示，並不是一二人所能挑動，更不是一二人所能勸阻的。去，請和平的離開去，不管妳是誰。一切的遊說是無用了！」

他堅決的以手指著門。

希媩不能不走。但還婉婉的說道：「你且仔細的想想。假如能夠回心轉意，我還願意將所允許的給了你。」

「不，不！」年輕人堅決的表示著。

希媩悵悵的無所得的飛回天庭。

而雅西娜所得的結果，也不更好。

她到一個年輕的領袖那裡去。那人是一個土木工程師，他曾設計過好幾個重要建築的圖案，他的學問的野心很大；他還苦心的想解決一個建築學上的難題。

正在更深人靜的當兒，雅西娜出現於他的窄小的研究室裡。他驚惶的放下了規矩與筆，站了起來。

雅西娜雖欲表示出她的和藹，臉上卻仍是冷冷的，沒有任何的表情，活像一個和頑皮的學生們廝混慣的學校老舍監，永遠是那麼矜持，想拒人於千里之外。

「不驚動了你麼？」雅西娜裝作和氣，語聲是那麼做作。

「有幾句話要和你談談。且不要問我是誰。」

年輕人呆呆的站在那裡，不知所措。

「你們年輕人們是勇敢的，有智慧的，這深為我所喜。但你們要知道，該把從神那裡得到的智慧，運用到別一方面去，為人類造福利，不該那麼大膽無忌的便對神叛逆起來。我來勸告你，完全為了人類的光明的前途——你該知道，我素來是怎樣的愛護人類——你得阻止這叛逆的行動的發展。否則，人類必無幸！假如你能夠為神，不，也是為了人類，出力，解散了這場叛逆的運動的再度進行呢，神對於你個人，一定會有最豐厚的酬報的。譬如，你是一個建築師，你便可成為世界上最偉大的一個，能夠解決遠古不曾有人能解決的一切難題，像海上浮島的建設，百里以上的大橋梁的設計，等等，而你的名望將永遠的懸於人類的歷史裡。而且，將來，我還可以設法，把你永生的居住於天上，成為天庭的御用的建築大師。為了你，也為了你的同伴們，你該設法阻止了這非法無天的叛逆的行動的發展。勸他們趁早的偃旗息鼓！」

一口氣便滔滔的說下去，沒等那年輕人的回答。

那年輕人沉入深思，好久不回答。但最後，搖搖頭，說道：

「這不是我力之所及！我只是團體裡的一員。大勢所趨，一二人絕對的不能使之改動其流向。況且……」他遲疑的說道：「在神的重壓之下，人果能自由的運用其智慧，為同伴們造福利麼？」

「當然可能的，而且神還要盡了力來幫忙他們。」雅西娜乘機的加以勸誘。

「不，不，」那年輕人嚴肅的說道，「我們的同伴們的口號是：打倒神權！在神的統治之下，我們知道——這可憐的把戲已經演唱得太久了——人的智慧是絕不能為自己的福利而運用的。譬如建築師吧，其生來的最高功業，彷彿便是建築弘大的神廟，只是成為神的奴役。如今，我們是不再為神用了！」

雅西娜知道沒有什麼話更可以打動他，便也悄悄的無聊的離了開去。

只有愛孚洛特蒂回到天庭最晚。她玩演了一個最滑稽的場面。

她來到了年輕的小夥子們的變亂的真正的中心區。一個繁星散綴，缺月無雲的午夜，靜悄悄的人世間，疲倦了的勝利的歌與舞，閒愁閒悶最易惹起的時候，溫溫暖暖的密室，哥哥的明，巨創方痊，正安息的躺於裡室。弟弟的晶，頭上的白布還包著，然而精神已經完全恢復。他在外房往來的蹀躞著，籌劃著明天的行動。今天的不意的大勝利，還在他心上激動的留著未盡的興奮。

愛孚洛特蒂溜進了房裡。他的眼前突然一亮，有股誘人的香味兒同時鑽入他的鼻孔。抬頭一望，立刻認識了來的是誰——他是祭師的兒子，從童年的時候便熟識著每個神的面貌和故事。他站定了，昂然對愛孚洛特蒂望著，剛想說道：「我知道妳是誰，也知道妳為什麼而來。但在這嚴重的決戰的時候，我不願意和任何的神有什麼接觸……」愛孚洛特蒂對他嫣然的微微的一笑，眼波如最清澄的月光似的，向他臉上一溜轉，那張吹彈得破的臉，是那麼秀麗合度，而又是那麼健潔，像最晶瑩的白壁，卻又透露著血氣旺盛的紅霞，那嬌媚惹人蕩動的姿態是任怎樣不能找到什麼美和新的言語來形容的；而那裸著的白藕似的雙臂，裸著的雙足，以及半裸著的胸前，背部和雙膝以下，更富於誘惑性；光光豔豔的耀得這有定力的年輕人的眼光有些眩花，未說出來的話，便向喉頭倒嚥了下去。

究竟是一個堅定的叛徒，連忙閉了眼，自己鎮攝了一下，說道：「請妳出去，我們和你們神道們，已經沒有什麼接觸交通的必要了！」但感到有一團的勢力是逼立在他身邊，渾身有些癢癢的不自在，彷彿是逼近了一具熱度過高的火爐旁站著似的。方想退卻幾步，而愛孚洛特蒂已更逼近了些。他不敢望著她，然而感到她是在微笑——那令人死而無怨的最嬌豔的微笑！他聽到她的呼吸聲——而他自己的心臟是那麼急速的在跳動著；聞到她的從她嬌嫩的身體裡透出來的肉香和溫暖的氣息，他幾乎癱化了下去。惶惶無措的站著，生了根似的。成了一無抵抗的人，雄辯的口，也被緘閉著。

「我的孩子，」愛孚洛特蒂開始說道，以柔若無骨，豐若有餘的手，搭在他的肩上，那由手心傳達出來的熱力，像千萬個單位的電力似的，鑽進了他的全身；從頭頂到腳尖都癢癢的，有些麻木不仁：「你十分明白我是為什麼而來的；我來，為了神，也為了人類。神與人之間是不必有什麼芥蒂的。神不是幫助了人類的成功麼？至少是我，圓成了人間多少對的最美滿的夫妻！」那聲音的本身便是最優雅悅耳的音樂，兼之那如蘭的吐氣，薰得晶的面頰似都有細粒的芬芳強鑽了進去。「該取消了一切的叛逆的行動。聽我的話，孩子，這是在你的權力以內的。你將被神任命為最高的祭師，而我將時時的到你這裡來……」她的面頰是將貼近了他灼熱的面頰。他一無主意的昏亂的立著，連她的話，也不大聽得清楚。

沒有一句回答。

但裡室睡著的哥哥的明，卻著急了，大叫道：「弟弟呀，快不要上她當！她是愛孚洛特蒂，最卑下，最惡毒的淫婦；你該記住我們的誓言，我們的使命！趕她出去，這惡毒的說客！你不趕，我來趕！」說著，便掙扎的要爬起床來。

晶的手無力的舉了起來，把愛孚洛特蒂搭在他肩上的手，掉了下去，而當他的手觸到她的溫馥柔軟的手指時，他的心還強猛的動盪著。他遠遠的站開了，如夢似的，以乾澀的口音，說道：

「請妳出去！請妳出去！」

而他自己便頹然的向裡室跑去，伏在他哥哥身上，抱了他，啜泣起來。

怪沒意思的，懷著第一次被拒絕的恥辱，悄悄的溜了出去，有些失了自尊心，咬著牙齒，罵道：「且看你們這些的叛逆的小子們的下場！」

八

嚴重的空氣又瀰漫於天庭。

生死的決鬥，在神與人之間似是免不了的。

合爾米士傳來了一個更嚴重的消息：人類已準備了要在第二天集合了來掃蕩神聖的亞靈辟山，神的最堅固的中心的巢穴，宙士的寶座的所在，即今的會議廳所在！

他們如今是在狹路上面對面相逢著了。

宙士憤憤的叫道：「無所用其躊躇了，我將使用到我們最後的武器了！」這叫聲淒厲可怖。

「來，集合了來，準備，夜襲！」宙士叫道。

神道們很快的集合為一軍，氣概還不減於和巨人們爭鬥的時候。

鷲鷹先飛起在天空，勢力和權威左右的跟隨著宙士；他的左手執著大把的雷矢，他的最可怕的武器，右手執著一支短矛。

戰神亞里士全身披掛的執著刀與盾；亞特美絲肩負著銀弓；愛坡羅則改執著一柄大刀，雅西娜冷峻的執著她的長矛；普賽頓使用的是三股叉。全體的神都在軍中。狄奧尼修士連連的端起了最大的酒杯，灌倒下巨量的葡萄酒然後動身。海泛斯托士拖著一雙不良於行的足，一瘸一拐的跟在最後。連愛孚洛特蒂也披上一身鐵甲，是最輕巧的一身；也執著一把刀，是最靈便細小的一把；在殺氣騰騰的陣伍裡，她還減少不了她的迷人的姿態。

烏雲密布於天空，雷聲隱隱的可聞。電光不時的在閃。雨水黃豆似的大量的沙沙的滴落下來。人類都在沉沉的睡，但已為雷電的可怖的襲來而驚醒。

大隊的年輕的小夥子們集中於城鎮中心的大建築物裡。留著哨兵在屋頂上看守著。

宙士的神軍，一路上耀武揚威而來。郊外的小屋，被大風摧毀了不少。人都從屋裡逃出，狼狽的冒雨奔向市集。雷聲隆隆的只在他們頭頂上響。烏雲和雨水追趕著他們而來。宙士愛惜他的雷矢，不欲逐個的擊死他們，浪費了這武器，想要把他們趕集在一處，然後聚而殲之。

雷聲更響，電光長長的閃過天空，照見冒雨逃難者的狼狽的情形。老人們最早被驚醒。他們警覺道：「天怒是終於到了！」慌亂的跪在地上哀禱，祈求，頓首無數，喃喃的把人類最珍貴的東西都亂許給了神。

但神道們並不曾聽見他們的哀禱，只是要用那猛烈無比的雷火把人類聚而殲之；像從前用洪水的辦法一樣，在一夜之間，把他們全都滅絕了。

郊外的人蜂亂的都擁擠到市上的大建築物裡來。屋頂上的哨兵們尖銳的吹著報警的銀笛。年輕的小夥子們都慌亂的起來準備著。

夜是黑漆漆的，斷續的電光是唯一的光亮。但在大建築物裡，燈光也陸續的燃起。

一堆堆的烏雲更低了下來，人類在電火的一掣裡，清楚的看見憤怒的神道們的全體，站在雲端。

老人們和祭師們只是伏在地上叩頭不已，在大聲的哀求著，祈禱著，求赦他們的罪過。但年輕的小夥子們則在大建築物裡邊，忙忙的準備著對抗。

「你們這批下賤的人類，如今是惡貫滿盈的了！我要在這一夜之間，用雷火把你們全都殲絕了，而另殖以新人種！」宙士宣戰的叫道，同時抛下他的一部分的雷矢。

震天撼地的一聲響亮，硫磺的氣味，充塞於空氣中。接著有房屋倒塌了的聲音。被壓的人類在微弱的呻吟。屍首縱橫的躺臥於地上。

宙士有些得意，又將手中的雷矢，抛射下去。又是一聲可怖的炸裂的響聲。似乎大地母親她自己都被打暈了過去。好難聞的硫磺氣和被雷火所燒灼的東西的焦味。

電光是不斷的在閃亮。雷聲隆隆的在發怒，但在電光的照亮裡，神道們卻開始發覺：他們竟不可能把人類聚而殲之。雷矢所能摧毀的只是矮屋小店，至於那些大建築物，年輕的小夥子們所占據的大本營，卻依然傲慢的屹立著，絲毫不受損害。

宙士氣往上衝，把手中所有的雷矢，全都向那些大建築的屋頂上拋了下去，但竟啞然的沒有反響。那些黑漆漆的大建築物，還是像巨怪似的屹立在那裡。雷矢的火，它自己竟消失其氣勢於屋頂上裝置好了的避雷針之上，連隆隆的餘威都不曾有！

這打擊是太大！宙士啞然無言，也如他的雷矢一樣；鷲鷹棲息在他的手上，如鬥敗了的公鷄。勢力和權威悄然的垂頭而立，一毫不能展布。亞里士搖搖頭，無可奈何的執起了盾和刀，首先的衝了下去。

就在這時，大建築物的前面廣場上，轟隆的發出了一聲震天的怪響，彷彿便像雷矢炸裂了似的，震天撼地的威勢；也有一連串紅的蛇舌似的火光發出，卻是直向天空而去。

沒曾等到神道們的警覺，又是連續的幾聲怪響，震得大地像要裂開。一道道的紅光怪美麗的，直向天空射去；在這雨夜的黑暗裡，炸裂了開來。已有被射中了的。亞里士首當其衝，被炸成粉碎。勢力和權威，在雲端倒跌了下來。

宙士連忙麾眾退卻，很快的向東方而逃。諸神一窩蜂似的都隨了他而奔去。那邊天空上的炸裂的火光，還在黑漆漆的天空，美麗的畫著無數的弧線。轟轟隆隆的炸裂聲，還隱約可聞得見。

神道們有些納悶。人對於「火」的利用，難道竟高明到這個地步，連雷矢一類的什麼，都會仿造了？

「這罪惡全要那偷火的無良的柏洛米修士擔負了的！」宙士在一個荒山上休息下來，頓足的埋怨道。

「詛咒他也沒用。還是商量著怎樣自救吧。」雅西娜憂鬱的說道。她從來不曾損失自信得那麼厲害。

「說到柏洛米修士，他是早已警告過我們的。還是先找他商量些什麼補救之策罷。」希娣畏縮的說道。

宙士如從夢中醒過來似的說道：「就向高加索山去，都去，他也是一個神，得給神之族想一個辦法。」

九

柏洛米修士，那位先知者，被鎖在史克薩峰上，不知幾歷年月。無涯的痛楚與受難，把他磨練成一個麻木無知的人物。

他的雙眼天天被太陽光直射，幾已盲無所見；他的四肢和胸部，為巨鏈所磨擦，竟破爛見骨。很大的蒼蠅成群的飛集著，在吮啜他的腐肉。時時撲向上的海水，總是把白鹽留在他的髮際和皮膚；使得他的全身，怪可怕的，如蒙上了一層白灰。久已無任何神來過問這個求死不得的偉大的犧牲者，受難者。

宙士一群奔了來為了表示和好，首先叫海泛斯托士把那永不可斷的鏈條的一端，從岩罅裡取了出來。這樣使他恢復了自由。但他閉了眼，一毫力氣都沒有，簡直站立不起來，只是軟癱的坐在地上，背部靠在一塊崖上。

「是宙士麼？我看不見，但我還聽得出他的聲音。什麼事到我這裡來呢？我們之間，是沒有什麼交涉可辦的。」

宙士有些淒然，一時說不出什麼話來。

良久，才勉強的嘆道：「是我的過於暴躁的脾氣不好，累你受了這無涯的苦楚！」

「你無事不會來到這裡的。我知道你的結局是近了。」

諸神的心臟都為之一涼，似被拋在冰窖裡。

「你的忠心的奴僕們勢力和權威哪裡去了？你的鷙鷹也飛得不知去向了吧？我告訴你，太遲了！」

「然而為了神之族的自救計，你，該想一個辦法。」

「神之族是早已走上了自殺之途。太遲了！如今是無可挽救。」

「難道竟坐聽人類的如此猖獗麼？我們神之族竟將損失了一切麼？連亞靈辟山的寶殿都要被掃蕩而去麼？」

「不僅這樣，一切神之族的末日都已到了。」

「連你自己也在其內麼？」

柏洛米修士默默不響。

「然而是你盜了『火』給他們的！總得想個法子。」

「我取火，是為了正義。神的統治是太久了，這世界總得變。」

「難道竟變到該由猥瑣的人類來統治一切麼？」宙士氣往上衝的說道。

「結果總要這樣。」

「你除了預言神的沒落之外，竟沒有辦法可想麼？」

柏洛米修士搖搖頭，頭髮裡堆得很多的鹽的細粒，簌簌的被搖落下來。

神道們是淒然的相對的望著。

沉沉的深夜。星斗們都漸向西趕路下去。海水是嘩啦嘩啦的怒吼著，撲了上來，又被擊碎在史克薩峰之下。

無邊的死寂。

不知從什麼地方，隨風飄來了一聲喔喔的雞啼。

夜將逝去。東方已經有些微紅。

宙士警覺的叫道：「回去，盡最後的努力！」

十

亞靈辟山的宙士的神宮，集合了人類的膏血與巧匠的心計建築起來的，傲慢的站在山巔。清晨的太陽光，照射在純白色的大理石的階級、牆柱和雕刻上，閃耀目的在發亮。

祭師們已被捆縛了去，司打掃之役的少年們，都已加入了叛逆之群。從東與西，從南與北，年輕的小夥子們的隊伍，無邊無際的集合了來——可憐的埃娥的子孫們自然也在內——擠滿了山谷，擠滿了廟前的廣場。

刀矛如林的向天空聳出。個個人都表示著堅定、勇敢、犧牲的氣概，擊不退，燒不滅的像潮水似的湧上來。

神道們都站立在廟的石階上，憔悴，頹唐，但在集合最後的攻擊的，或寧可說是防禦的勇氣，淒然無語。

宙士手上執著最後的最強烈的一大束的雷矢。

廣場上站的小夥子們突然的齊一而宏亮的唱著人與神的戰歌來。那歌聲是壯烈而自信。神道們是聽慣了靡靡之音和人們的哀禱與感謝曲的，聽了這壯烈的戰歌，有些驚愕，不習慣。

「最後的一次決戰，神道們都在這裡了。兄弟們，衝向前來，殲滅了他們，肅清了這魔穴！」一個年輕人以全肺量的力高聲大喊道。同時他舉起了一柄矛，衝上石階來。

「衝向前去呀！」如潮湧似的且喊且衝了上來，那年輕的小夥子們的無邊無際的隊伍。

雅西娜站在最前，也舉起了矛，如以食叉取熟薯似的，矛鋒很容易的直刺進了那年輕人的心胸。他大叫了一聲，倒了下來。胸血噴射出來。雅西娜的矛尖上染得紅紅的，還有血往下滴。但又是一個，但又是一個，無窮盡的隊伍盡勇敢的往上衝過來。有幾支刀矛斫刺了雅西娜的胸甲，噹的一聲，擊出火光來，但刀矛自己折斷了。有一個年輕人，溜到了雅西娜的身邊，舉刀向她頸部斫去。她連忙轉過身，一矛直刺透那人的眼鼻之間。紅血噴射得她一臉。又是一個上來；這次卻被斫個正著，受了輕傷，但那人也被殺死。

愛坡羅，普賽頓，以至愛孚洛特蒂無不殺得渾身是血，腥臭得難聞，刀，矛，叉上也都染紅了，還有血凝結在上面。亞特美絲站在一角；她的銀弓一彎，必定有一個倒下。但不久，她的疫箭放射盡了。而小夥子們的隊伍還是無邊無際的向前湧，向前衝。

人屍堆得石階都被掩沒了，紅血流得遍地，滑膩得站不住足，但小夥子們的隊伍還是無邊無際的向前湧，向前衝，踐踏了死者的屍體而衝上來。

神受了傷的不少，愛孚洛特蒂在嬌啼，她的右臂被斫中了一刀，傷口不小，但誰也沒有去理會她。

生與死的決鬥，這樣可怕的延長下去。神被逼退到廟門之前。無可再退。

宙士憤甚，不顧一切，集中了最後的勇氣，用全身之力，使勁的把手中所把握著的雷矢，全都拋了下來。

震天的一聲絕響，大地被擊得暈了過去。神廟在自己的雷矢之下倒塌了。亞靈辟山裂開了一個無底的深淵，就在神道們所站的地方。可怕的黑，可怕的深，無底的罅洞。

神之族整個的沉落在這無底的最黑暗的深淵裡去。

山石大塊的被擊飛起來，再落下去時，埋壓並打死了不少人。

等到他們恢復，鎮定了時，神之族已經沉落到他們自己所造的深淵裡去了；神廟是只剩下一堆堆的碎石折柱。

響入雲霄的勝利之歌——人戰勝了神的勝利之歌。

太陽正升在中天，血紅的光，正像見證了這場人與神的浴血之戰。

電子書購買　　爽讀 APP

國家圖書館出版品預行編目資料

取火者的逮捕：當不屈神罰的愚者挺身，世界便迎來了新生 / 鄭振鐸 著 . -- 第一版 . -- 臺北市：崧燁文化事業有限公司 , 2023.10
面； 公分
POD 版
ISBN 978-626-357-642-1(平裝)
857.63　112014119

取火者的逮捕：當不屈神罰的愚者挺身，世界便迎來了新生

臉書

作　　者：鄭振鐸
發 行 人：黃振庭
出 版 者：崧燁文化事業有限公司
發 行 者：崧燁文化事業有限公司
E-mail：sonbookservice@gmail.com
粉 絲 頁：https://www.facebook.com/sonbookss/
網　　址：https://sonbook.net/
地　　址：台北市中正區重慶南路一段六十一號八樓 815 室
Rm. 815, 8F., No.61, Sec. 1, Chongqing S. Rd., Zhongzheng Dist., Taipei City 100, Taiwan
電　　話：(02)2370-3310　　傳　　真：(02) 2388-1990
印　　刷：京峯數位服務有限公司
律師顧問：廣華律師事務所 張珮琦律師

定　　價：250 元
發行日期：2023 年 10 月第一版
◎本書以 POD 印製